丸戸史明＝著
深崎暮人＝插畫

不起眼女主角培育法13

Saenai heroine no sodate-kata.13

Presented by Fumiaki Maruto
Illustration : Kurehito Misaki

「……重寫。我非常非常非常不滿意。」
霞之丘詩羽
Utaha Kasumigaoka
「我真的打從心裡相信，這篇『巡璃27』是最棒的！」
「妳有沒有意願用我？」
澤村·史賓瑟·英梨梨
Eriri Spencer Sawamura
安藝倫也
Tomoya Aki

「怎麼樣？
我有沒有成為……
你所期望的
第一女主角了呢？」

「所以嘍，
完整版
都在這裡了……」
「剩幾張……
這就是最後了喔。」
冰堂
美智留
Michiru Hyodo
「最後要做決定的是你喔，
社團代表。」
波島
伊織
Iori Hashima

blessin
OFTWAR
波島
出海
Izumi Hashima

30
加藤
惠
Megumi Kato

不起眼女主角培育法

13

丸戸史明
插畫／深崎暮人

Kadokawa Fantastic Novels

彩頁／內文插畫：深崎暮人

Content

\新生/

blessing software

成員名冊

製作人

企劃、副總監、第一女主角

企劃、總監、劇本

音樂

原畫、CG上色

第一章　認真要○○的二十七頁前

「惠……我喜歡妳！我喜歡三次元(現實中)的妳！」

「那句『現實中的』不需要吧？」

「…………喂。」

……就這樣，我下了重大決心，做出了感覺長達半年之久(從十二集拖過GS3和十三集)的告白。

被告白的女方——豐之崎學園三年A班，遊戲製作社團「blessing software」副代表，同時也是我安藝倫也心目中第一女主角的加藤惠——該怎麼說呢？她居然擺出非常非常非常輕鬆，還顯得滿不在乎的反應回應我。

「呃，倫也？別用那麼洩氣的臉色看我嘛。」

「不是啦，因為……」

而且她居然不給我答覆……

「嗯，總之，我有確實聽懂你講的內容，所以你可以放心。」

「妳說妳有聽懂……」

「換句話說，意思就是『你喜歡我』對不對？你所指的，不只是第一女主角或者社團伙伴，而是也有把我當女生放在心上，對不對？」

「…………………………喂。」

居然還倒回去重講了一遍……

「別那樣子瞪人……其他還有什麼好講的嗎？」

「答覆啦，我要答覆！話說，妳絕對是在顧左右而言他吧！」

「喔～那樣的話，你沒有補一句『請給我答覆』，我也不好回應啊。」

「妳怎麼會這麼淡定，這麼一如往常？妳是明知道御宅族向女生告白有多可怕才這樣的嗎？妳想要了我的命嗎？」

啊，我忘記講了，目前已經過晚上八點，這裡是我家附近的偵探坡正中間。

而在住宅區的寧靜夜晚中，響起我和惠（尤其是我）莫名高亢的聲音，附近的住戶對不起。

「可是，我在這時候忽然哭出來或抱住你，發展得太戲劇性也不對吧？畢竟對象是你。」

「噯，我以往的態度有哪裡不好嗎？全部嗎？妳是要說已經無可挽救了嗎？」

「喔～呃～嗯，或許是啦。」

「我沒有叫妳表示認同！」

「好啦，先不管那些，這時候回答『我也喜歡你～』就太老套了啊。倫也，你在遊戲裡也打算將告白場景安排得這麼尋常無奇嗎？」

「當然啊，那可是第一女主角耶！」

「可是，也會需要意外性吧？比如主角被女主角若無其事地忽略，或者等答覆等上半年，在那段期間一直曖昧不清。」

「惠，妳聽好了！所謂的老套，所謂的王道呢……」

「是是是。正因為大多數玩家會覺得有趣，才該毫不猶豫地祭出來對不對？」

「妳都懂嘛，妳都了解不是嗎！」

不過……不過這都要怪……

怪眼前這個完全掌握主導權，還超級輕視我的女生喔……

「唉，惠，我說真的，饒了我吧。求求妳，別讓我心裡七上八下啦……」

我不想讓眼前的惠看見自己現在這張太不爭氣的臉……

但由於諸多因素，我既不能用雙手遮掩，也不能轉身背對她，所以只好把臉轉過去一半，再用單手遮住另外半張臉……

然而，無法盡掩的我擠出非常不爭氣的聲音。

「我、我啊……原本以為這次會比平時有希望……」

只不過，我所講的內容還是有一點打腫臉充胖子。

「是喔～你以為自己有希望啊。之前背叛得那麼徹底，害人哭得那麼慘，你還是期待我會答應你啊～」

「是啊！因為妳哭了嘛，惠！是我害妳哭的啊！」

「唔……」

於是，我近乎惱羞地擺爛……

不過這好像成功地稍微挫去了惠的銳氣。

「惠，我明明背叛了妳的信賴，讓妳因此傷透了心……即使如此，妳還是願意像這樣回到社團……」

「那……並不是為了你，而是為了冰堂同學和出海。」

「我還是覺得很高興喔！」

「唔唔……」

所以，我趁機發動攻勢。

「就算那是我自作多情好了，發生了也沒辦法。因為妳就是那麼眷顧我嘛！」

還將不長眼的自作多情發揮到極致，讓惠完全招架不住……

然後，希望能引誘她講出我要的答案。

「那、那麼……倫也，我問你喔。」

「……嗯？」

「你覺得……自己的成功率大概有多少？」

……這次換了另一套啊。

也就是說，無論我說什麼，她都不會答覆，但即使賭氣也不打算講明對我沒意思嗎？

那算是從容還是固執……？

「呃，這、這個嘛……我想想喔……差、差不多五成左右？」

「一半一半啊，根據呢？」

還有，她不評價那樣的數字算大或小，也是出於從容或固執嗎……

「沒有啦，因為……惠，妳現在也肯握著我的手啊……」

「……………………哎呀。」

「妳不要急忙鬆手啦！」

「不是嘛，你想，握著不放的是你啊。」

「才沒有，不放手的是妳！不然妳看，指甲的痕跡這麼深！這是妳弄的耶！」

「哎呀～奇怪了～不可能這樣啊～」

……不對，用力留在我掌上的紅色印記，道出了她並不是那麼從容。

「夠了！反正我就是喜歡妳。我不會逃也不會躲。那妳呢！」

即使到現在，那道印記還滿痛的，還非常火熱，而且，它仍持續給了我勇氣。

「唔嗯～……」

「……妳還要猶豫啊。」

然而，我毅然決然地踏出這一步，卻還是被惠俐落地閃……不，拖泥帶水地閃過。

「倒不如說，我的答案已經決定好了。我在猶豫的，是回答的時機。」

「那是怎樣……」

噯，我可以發飆說「那就快回答啊！」對吧……？

我算忍得非常久了吧……？

「你想嘛，萬一我答應了，總不能說：『太好了～那麼末班車快要開嘍，掰掰～』吧？」

「喔、喔喔喔喔……？」

「噯，我沒有答應你喔，只是比喻喔。」

「比、比喻……？」

不過，不過她要拒絕的話，不是可以說：「真遺憾～那麼末班車快要開嘍，掰掰～」……？

所以說，惠認為不能那樣，就表示，她的答覆是……

「呃，萬一我說……（可以～）的話，果然就會營造出那種氣氛吧？」

「會、會嗎！」

「……不會嗎？」

「妳何必那樣瞪我……」

我光是在意選項帶來的結果，完全沒有想到選擇後的進展，惠就用「你一點都不懂」的黑暗視線瞪了過來。

應該說，怎麼想都只有擁有選擇權的人才能顧及選擇後的進展吧？

這麼一想，美少女遊戲的女主角都被那麼我行我素的主角搞得團團轉，真是可憐……

「呃、不是啦，要說……我有沒有足夠的自制力能保證氣氛不會變那樣，呃～……」

把仇恨指向我當成分身在寫的主角也無濟於事，因此，我先煩惱起尚未開啟的劇情線進展。

呃，要是換成美少女遊戲的話，劇情當然不會寫成「太好了～那麼末班車快要開嘍，掰掰掰～」。

倒不如說，男女主角絕對無法輕易說掰掰，在車站告別之際肯定會拖一陣子，最後就……

「看吧，所以嘍，倫也，我們先回你家一趟吧？」

「………………啥？」

沒錯，那終究是我的最終決定，不應該像這樣立刻由對方提議……

「回去以後，等彼此都洗了澡，再清清爽爽地繼續談這件事吧？」

「等一下等一下等一下～！」

何況她好像積極過頭，甚至提出了我絕對說不出口的點子（入浴）。

「……先說清楚，我不會跟你一起洗喔，要分開來喔。」

「我在意的不是那一點啦！」

「你那樣才是想太多喔，倫也。再說，我們從昨天晚上洗澡以後，有一整天都沒洗澡耶。」

「那又怎樣！」

「所以，在那種狀態下，要發生第一次……實在不太合適吧？」

「就說了等一下等一下等一下～！妳想對我容許到什麼地步！呃，如果妳沒問題的話啦！」

「啊，呃……再怎麼說，也就到接吻為止……如果沒問題的話。」

「～～～～～～～～唔唔唔唔唔唔！」

對我（御宅族）來說那不叫……那（接吻）不叫「為止」啦……

另外……我要順便聲明……目前，惠正牽著我的手握來握去。

手指一根一根地交纏，陷入實在解不開的處境。

不僅如此，這傢伙……不對，這個人居然對我講出這種話……

「啊，不過只論接吻的話，你不是第一次（跟霞之丘學姊有經驗了）呢。只有我是第一次，抱歉，把你跟我混為一談。」

「啊～啊～啊啊啊啊啊啊啊啊～～」

更不僅如此，這個混帳……不對，這個女生居然還講出這麼尖酸刻薄的話……

「不對，不對，不對不對不對。惠，只是接吻的話，也不必特地洗澡……」

「嗯～但我們兩個都剛熬夜，我有點排斥耶……不過，或許刷完牙會比較好，可是……」

「再、再說，要是現在回我家還洗澡，妳肯定會留下來過夜吧？」

「不過，那也只是從住兩晚變成住三晚啊。我在早上搭頭一班車回家，換掉衣服再去上學就行了。」

「關於那部分我就有話要說了，妳這不良女孩！」

我們究竟在講什麼……

各方面都衝過頭了吧。

「而、而且，再說，妳洗完澡以後，留下來過夜，還跟我……的話，妳真的覺得可以就那樣打住嗎？呃，如果沒問題的話啦。」

「這個嘛，畢竟對象是你，在那方面我覺得很放心。不過，我只是說如果沒問題的話啦。」

話說，這已經不必再用「如果沒問題」當前提了吧？

「……順帶一提，妳現在跟我回家，我不免得愧對良心地對爸媽找理由。」

「有什麼辦法呢？因為這次真的滿愧對良心的啊。」

「……唔唔。」

我連吐槽都嫌累了……

應該說，感覺怎麼跟我不樂見的情況越來越背道而馳？

「更何況，要說愧對良心的話，我覺得我向爸媽找理由外宿才比較愧對良心呢。」

「對！我從以前就一直在擔心，惠，妳家真的沒問題嗎？」

「這個嘛，講電話的途中，或許要換成你或伯母幫我跟家裡說一聲比較好。」

「先不論找我媽，對加藤家而言，由我替外宿作證是沒問題的嗎……？」

噯，說真的，她這是怎樣？

這真的還不算答應我嗎？

「那我們回去吧。」

「……好。」

於是，仍然和我牽著手的惠，比我早一步開始爬上坡道。

雖然分不出是哪一方所致，不過牽在一起的手好熱，汗涔涔的，而且怦通怦通地響著。

※　※　※

「所以呢，結果妳向家裡找了什麼理由？」

『嗯～我說「在母片送廠前夕發現有嚴重的ＢＵＧ，無論如何都得通宵趕工了」……』

「抱歉，離母片送廠還有一個月以上的時間，所以請不要講那種會害人心臟停止的謊話，惠小姐。」

從擱在窗框上的手機喇叭，惠的聲音伴隨著吹風機的聲音傳來。

先洗完澡的惠正在我房間一面吹乾頭髮，一面像這樣和她接替入浴中的我，隔著短短十公尺的距離用手機密談。

『倫也，那你是怎麼說的？』

「呃，我是說『因為只有惠回家方向的電車發生故障，停駛了』……」

『嗯～內容有微妙的出入耶……早知道就先串好口徑了。』

「喔～那不要緊。妳不用對我爸媽那麼費心。」

『是嗎？那就好。』

「嗯，沒問題啦……」

是的，在理由這方面完全沒問題。

因為就這一次來說，爸媽好像都完全不相信我講的理由……

『不提那些了，你不可以只是泡個澡就馬上出來喔。要確實洗臉、洗頭髮、洗身體……』

「那我每天都會洗啦！」

『對了，你有在刮鬍子嗎？應該說，你有長嗎？』

「……現在問那個要做什麼？」

『你想嘛，就是……鬍渣碰到臉頰會刺刺的吧。』

「啊啊啊啊啊啊啊啊啊啊……」

而在如此謎樣的儀式中，惠還十分悠哉、非常放鬆地向我打聽起第二性徵的發育狀況。

與為了讓心情鎮定，正在沖冷水澡的我形成對比。

唉，在最近一年中，她好像有將近一個月都是在這裡過夜，會這樣或許也合情合理，但既然如此，一年中有將近一年都在這裡過夜的我，為什麼會變得這麼緊繃？

※　※　※

「好、好了，呃，那麼……」

十五分鐘過後。

連不同於平常的地方都仔細清洗，泡進熱水裡至肩膀處數到一百後，總算洗完澡出來。

回到房間，我從惠手中接下吹風機，將頭髮吹得乾乾爽爽，之後還莫名其妙地接下她給的乳液，把臉塗得又濕又潤。

「好，那麼，既然都準備好了，就稍微倒帶一下，從你的告白開始回顧……」

「妳夠了吧啊啊啊！」

然後，然後……當我以為終於能回到原本的氣氛時，她就來這招！

「因為我對你剛才的告白，還有許多事情想要釐清啊……」

「我要睡了！什麼都不做就馬上睡覺！晚安！」

「咦，那樣我會很困擾耶。今天晚上我絕對不會讓你睡喔。」

「妳想害我心臟病發死掉嗎！」

「啊，我不是那個意思，剛才的意思是要談到我能接受為止……」

「啊啊啊啊啊～我受夠了！」

現在的惠超級麻煩，我的心跳都慢不下來……

「我喜歡妳！光這樣還不行嗎？」

「這個嘛，嗯，我知道似乎是那樣沒錯……」

「那妳是想釐清什麼？」

「就是釐清……你對各方面的想法。並非單一的答覆，而是全部。」

「妳是指……」

不知不覺中，我們都坐下來了。

而且是坐在為惠鋪好的被褥上面。

我們坐到一塊兒，望著彼此。

「要釐清你對英梨梨、霞之丘學姊的想法。」

「……我還是睡覺吧？」

「不行。」

順帶一提，惠用雙手握著我的手。

她深有感觸地，望著自己所握的手。

「不行喔……因為，我姑且也得下定決心才可以。」

「決心是什麼意……」

「是你不需要曉得的事。」

才這麼想，應該握著我的手的惠拍了拍我的手背，對我訴說著什麼。

「那還用問，我當然喜歡她們啊。」

「……哪種層面的喜歡？」

所以，為了正面面對惠那些來來去去的心緒，我只能用全力東想西想。

「其中一種，是把她們當成值得敬重的創作者。」

「還有呢？」

「她們是和我一起逐夢……曾經一起逐夢的伙伴。」

「再來呢？」

「她們也是在最強美少女遊戲中，足以勝任女主角的迷人角色。」

「然後？」

「…………她們是我無法觸及的女生。」

「…………」

當我說出那句話的瞬間……

惠就心痛似的扭曲了表情。

「為什麼你會覺得自己無法觸及呢？」

然而，我唯獨不認為那是專屬於她的反應。

「那是你從一開始就抱持的成見吧？只是你認定對方絕對不會回應吧？」

「是又怎樣……」

所以，我緊緊地回握如今已經分不出是誰，但肯定屬於惠的那隻手。

「會怕就是會怕啊……妳體會一下嘛，這種心理。」

「不會懂的……你說這種話，那些人不可能會懂的。」

「所以嘍……」

對，我這種彆扭的想法，一般不可能會懂。

可是，正因為她們不會懂……正因為我明白她們不會懂，我才覺得害怕。

自己絕對配不上她們。

不希望用始終矮人一截的立足點，和她們變成那種關係。

不希望那麼了不起的人，被自己糟蹋掉。

那單純就是討厭被瞧不起。

這些千頭萬緒……

她們大概想都沒想到，我會有這種低等級的情緒……

自卑感、恐懼及許多與此相似的齷齪念頭，一直在自己的心裡打轉。

「我想，即使霞之丘學姊能理解你的想法……也不會接受的喔。」

「嗯……」

沒錯，因為詩羽學姊……不，因為霞詩子是描述心境的天才。

所以她肯定也能推敲出我愚蠢的心理。

不只是明白，她應該還會感嘆，我的窩囊心理就像廢物男主角。

然而，光是像那樣，願意明白我是個廢物就夠了。

「不過，我想英梨梨對我……應該連理解都沒辦法。」

「是那樣嗎……或許吧。」

我對英梨梨懷有的想法……連我自己都無法完全理解。

明明她比自己強多了，我卻把她評得不怎麼厲害，還瞧不起她。

明明希望她變得比任何人都強，卻希望她一直當我的小跟班。

每次看她陷入低潮都會擔心，又對她因此停滯而放心。

對她破殼成長的模樣感到振奮，又對自己被拋下的焦躁感咬牙切齒。

……在出生後第一次戀愛，又在出生後第一次恨人。

「不過，不過呢……」

「嗯？」

「我在想，將來也要整理好心情，向英梨梨說清楚才行……」

不過，此時此刻連那些扭曲的想法。

連不該對其他女生說的想法，我都一五一十地揭露。

只告訴眼前這個名叫加藤惠的女生。

只告訴用雙手裹著我的手，然後湊到自己臉頰……

告訴我自己臉龐有多燙的女生。

「將來，是什麼時候？」

「這……」

「不訂出期限，你就不會做吧？和截稿日一樣。」

「這、這個嘛……呃，我想在今年內吧？」

「嗯，嗯……或許，那樣差不多。」

那會是冬COMI舉行的時候。

換句話說，就是我們這款靈魂之作問世的時候。

而且，也是年末商戰的時候。

換句話說，就是英梨梨和詩羽學姊靠靈魂之作，轟動外界的時候。

「這樣，妳接受了嗎？」

「總之呢……對她們兩人的部分算是接受了。」

「那麼……接下來，就是最後了喔。」

「嗯……」

我那種「就知道妳想問什麼」的語氣……

讓惠把額頭輕輕地靠上來，表示：「嗯，你答對嘍。」

「換成妳……我就不會怕。」

「是這樣啊。」

惠在最後，向我索求的東西。

那就是——能讓她真正發自內心，感到釋懷的話語。

她想要知道，自己對我來說為何是特別的，詳細理由。

「呃，雖然惹妳生氣就可怕到不行，雖然妳一鬧起脾氣，就比任何人都麻煩。」

「……是這樣啊～」

「痛！」

……雖然聽到我那種「嗯～我了解啦～」的語氣後，惠用額頭撞了過來。

「不過，就算再怎麼可怕，再怎麼麻煩……是妳的話，我會覺得『加把勁就過得去』。」

「什麼話嘛……」

雖然鬧脾氣會讓人煞費苦心，但是，絕不至於無法挽救。

雖然不算諒解我，但是，將來肯定會的。

雖然不了解她的一切，但是，我有一點信心，以後一定會懂。

雖然我跟她也許不相配，但是，也許靠努力就還過得去。

雖然我有許多地方比不過她，但是，也有一些地方強過她吧？

雖然我不會害她崩潰，但是，應該也不是一點影響力都沒有。

所以告白以後，也許我會至少失敗一次……

即使如此，只要我不灰心，再嘗試第二次、第三次，她遲早會拗不過而接受的。

……我並不是沒有這種感覺。

「所以說，惠……我只能向妳告白。」

「那……意思是選項中『從一開始就只有我』嗎？」

「對啦……妳是我用刪去法選出來的，世上最寶貝的女友（女主角）。」

之後，惠有一陣子都說不出話……

呃，雖然說在這段期間，她還是有稍微用力地捏我的臉頰。

「……你覺得有女生被那樣說，還會感到高興嗎？」

「應該沒有……」

然而，她在幾秒鐘後說出來的話是……

「不過，即使如此如果是妳，我就有點期待大概可以被諒解。」

「在你（倫也）心目中的我……是有多好哄啊？」

內容姑且不提，她所呼出的溫暖氣息傳遞至我的臉上。

「所以說，妳的答覆是？」

「聽完剛才那些話，我不想認真回答你了……」

「那跟講好的不一樣。」

彷彿雲裡來霧裡去的對話，差不多發生在三公分左右的距離。

「唉～不過都談到這裡了，也沒有什麼好答覆的吧？」

「就算那樣，我還是想聽。」

額頭緊密相貼，也稍微碰到鼻尖，氣息始終都觸及彼此。

「所以……我現在就在這裡喔。」

「然後呢？」

「討厭你的話，我明明可以回家，卻特意跟你使性子，專程跟你回來，還待在這裡喔。」

「妳的答覆是？」

「哎喲～真不知道怎麼說你～」

「那無所謂啦，給我答覆。」

「不過你想，照你的說法，我就是馬馬虎虎又很隨便～」

「所以怎樣？」

「所以嘍，要是被人不死心地一再告白，我大概會嫌麻煩，然後就依了對方吧？」

「……那就是妳的回答？我會相信喔。」

「我才不管那麼多呢～」

「萬一妳接下來翻臉不認人，我會變得一輩子都不相信女性喔。」

「就說了，你自己試試看不就好了嗎？」

「那…………我要試嘍。」

「請隨意～」

於是，當惠挑釁地將嘴唇噘出來的那一瞬間……

「啊……」

「怎麼了？」

「剛才，妳……」

「咦，什麼？」

「稍微，碰到了……」

「啊……」

是的，惠噘起的嘴唇一瞬間，碰到了我咕噥發牢騷的嘴唇。

好像在嘗試「不死心地一再告白」以前，生米就先煮成熟飯了……

「那……不算。」

可是，儘管惠用甜膩的聲音呢喃，還是對那樣的突發狀況強硬地否定。

「這、這樣喔……不算嗎？」

「緊貼在一起不夠久就不叫接吻喔。」

明明她要是排斥就可以到此為止，卻連想打住的跡象都沒有。

「要多久……才算夠久？」

「這個嘛……呃，三秒鐘以上吧？」

「妳以為是食物掉在地上喔……」

「喔～這麼說來，是有三秒鐘內撿起來就不算的規矩呢～」

何止如此，她反而提高了我們第一次儀式的門檻。

「那、那麼……我……要重新挑戰嘍。」

「嗯……」

沒錯，所以這一次……

這一次，肯定要發展到，我們今天最後的目的地……

「呃，那個，惠……」

「什麼事？」

「我喜歡……妳。」

「誰理你～」

「我喜歡妳。」

「不行～」

「我喜歡。」

「不要～」

「就說喜歡妳啦。」

「喔～是喔，那太好了～」

「……噯，惠。」

「……怎樣？」

「要這樣試多少次，妳才會答應啊？」

「你沒有持續告白的話就要重算喔。」

「唔哇，又要從頭開始嗎～」

「加油喔～」

「我就說了，我喜歡妳～」

「你是不是開始膩了，倫也？」

「哪有……唉，我喜歡妳，我喜歡妳！」

「……好吧，剛才那樣過關。可以算數喔。」

「夠了沒有……我喜歡妳。」

「啊……」

「怎、怎樣啦？」

「這麼說來，你還沒有長鬍子呢，光溜溜的。」

「呃，現在提那個做什……啊啊！」

「啊～真可惜，又要從頭算起嘍～」

惠悠哉地像這樣耍賴的臉……我已經看不見了。

因為她現在和我的距離，近得可以用臉頰直接感受到，我臉上還沒有長硬質鬍鬚。

「受不了，我已經說過我是真的喜歡妳了吧。」

「你講話好輕浮～」

「我喜歡妳我喜歡妳我喜歡妳，我喜歡妳～」

「並不是講好幾次就會管用喔～」

「惠，我喜歡妳。」

「好像換我覺得膩了耶～」

「我真的喜歡妳。」

「即使不聲明是真的，我也曉得啊。」

「我喜歡妳。」

「……………………嗯，我喜歡你。」

「嗯……」

趁著惠說喜歡的那一瞬間……不，趁著那一瞬的空檔。

我不能再錯過機會……

「嗯、嗯……」

「……唔。」

一秒，兩秒……

「嗯唔……」

「呼……」

然後，三秒……

「…………」

「…………」

之後，又過了十倍以上的時間……

我們都忘了將嘴唇離開，讓許多部位相互交纏。

總覺得……那有我家的洗髮精和我家牙膏的香味。

※　※　※

然後，嗯……

關於當晚發生的事情……在那之後，雖然有許多能讓人聯想到「更後面」的內容……

不過到最後，身為膽小御宅族的我，還有完全相信我那種膽小的惠之間，「單就今天而言」自然是沒有更進一步的發展。

沉浸在餘韻中一會兒後，我們像往常一樣各自躺進被窩，關掉電燈，稍微聊了幾句，然後隨著「晚安」的問候詞確實入睡了。

接著，我們與定在早上五點的鬧鐘一同醒來，而惠為了要上學先回家了。

……對了，這麼說來，在她離開前，印象中，我們又吻了兩次。

一次是由我主動。

另一次，則是由惠主動。

第二章　即使說從這裡開始是終章也無妨

十一月二十×日（五）上午九點　第一次會議（集宿前訓練會議）

『嗨，「blessing software」的各位早安。昨天睡得好嗎？』

日期時間請參照頭一行，這裡是我的房間。

無關於秋高氣爽的好天氣，高人口密度醞釀出來的熱氣充斥於這個地方。

『假如沒睡好的話，要保重身體喔。畢竟從今天開始的集宿將會是以往無法比擬的地獄，為期三天。』

然而，目前在房裡響起的嗓音主人沒有為這個房間提升室溫……

嗯，簡單來說，他是從擺在桌上的筆記型電腦螢幕露臉，從喇叭發出聲音的。

『那麼，先針對這次集宿的最終目標取得共識吧……集宿的目標是將劇本、圖像、演出、音樂及所有素材製作完畢。然後，要將那些彙整成一款遊戲。』

顯示在螢幕上的臉，看起來只是個褐髮捲毛的現充臭型男；從喇叭冒出的聲音也充滿了不自然的爽朗調調，天賦就是惹男生不爽的他，名叫波島伊織。

『母片送廠預計是在兩週之後，為了從下週起能專注於除錯，我希望最起碼要在本週末將所有劇情線做好，程式的完成度必須能確實運作到最後……到此為止有沒有問題？』

他就讀於都立櫻遼高中，而不是我讀的豐之崎，和我一樣三年級。

另外，伊織也是我們社團「blessing software」的製作人&總監&協調者。

『好，那接下來，要確認各環節的目前進度……』

「好，辛苦你了，製作人。剩下的交給我們，請你趕快上學。」

「嗳，惠，妳這樣未免太……」

……話雖如此，社團（有部分）成員對他並不信任，連用Skype討論要緊事到一半，都會被強行切斷通話。

「因為那位製作人說得沒錯啊，從今天起會有三天非常忙。寒暄就點到為止，我們要趕快開工才行。」

「呃、嗯，或許是那樣沒錯……」

那暫且不提，如伊織所說，史上最大規模的集宿將從今天開始。

「那來確認各環節的目前進度吧。首先，原畫的狀況怎麼樣，出海？」

目前聚集於此的成員，有這陣子在社團裡威猛無比……存在感倍增的副代表，加藤惠……

「是～角色站姿圖全部完工了。之前指示過的劇情事件ＣＧ也都全部畫好了～之後我會一邊待命，一邊期待今天劇本裡會加多少新劇情～！」

還有，感覺這陣子在「blessing software」已經定型為超級王牌的角色設計兼原畫負責人，跟我同樣就讀豐之崎學園且為一年級，更是伊織妹妹的波島出海……

「音樂的部分怎麼樣呢？冰堂同學？」

「嗯～配樂的樂譜全部打好了，演唱曲的部分也幾乎錄音完畢嘍。之後只剩配合今天完成的劇本，對第一女主角的片尾曲做調整～」

還有女生樂團「icy tail」的歌姬，這陣子人氣逐漸席捲都內的Live house，身兼「blessing software」的音樂負責人，就讀椿姫女子高中三年級，更與我互為表親的冰堂美智留……

「……就感覺來看，大家似乎都在等劇本完成耶，倫也。」

「今天早上完成了，遲了這麼久，萬分抱歉！」

還有這陣子被當成「撇下自家社團，沉溺於製作商業遊戲的叛徒」，感覺聲望一落千丈，在「blessing software」擔任代表兼劇本寫手的安藝倫也，共計四名成員。

「你說今天早上……意思是通宵完成的嗎？沒問題吧，倫也？」

「呃，重要的是劇本不在今天寫好，耽擱到大家就會出問題……」

「嗯～的確，都不惜翹課來參加集宿了，假如最要緊的劇本沒完成就不像話嘍～」

「不對，美智留，妳上完課再參加也可以啦……」

順帶一提，美智留以外的豐之崎班底之所以敢在平日不上學，明目張膽地聚集到這裡，是因為今天是每年晚秋例行舉辦的豐之崎校慶第一天……

哎呀，原本校慶也要乖乖參加才行，但這樣比翹課還沒有罪惡感，倒不如說，去年我們社團的成員也都幾乎沒參加。

「嗯，總之，所有人似乎都在等劇本，在各自開工以前，上午大家就來驗收寫好的劇本，怎麼樣？」

「了解～！那我先考究劇情事件ＣＧ需要的張數與構圖～」

「那我看看需不需要增加配樂。」

就因為這樣，本分在求學的高中生們罪孽深重地曠課，沒有任何人在意，還效率有加地分配起工作。

「嗚嗚，對不起……都是因為我的劇本耽擱了。」

「嗯，倫也，所以請你一面由衷地受罪惡感煎熬，一面安分地待在角落，以免妨礙大家。」

「……不是講好不提那些的嗎？」

「對工作效率不彰的劇本寫手，為什麼我非得體貼到那種程度呢？」

「不是講好不提那些的嗎！」

而且，在團隊中心明快地向眾人下指示的是製作人（伊織）不在場，地位就最高（比代表還高）的副總監（惠）。

「好了，你有空吐那種沒營養的槽，還不如趕快上床，早點睡。」

「咦……」

「通宵寫劇本的人不可能撐得過從今天起為期三天的地獄集宿吧？所以，你要趁現在多恢復體力。」

「惠……」

此外，說來說去，她對社團代表、對劇本寫手……對我還是有確實關心。

「所以嘍，冰堂同學，妳短時間內不可以吵醒倫也喔，彈吉他要戴上耳機。還有到中午以前也嚴禁摸上床。」

「咦～什麼話嘛，小加藤好霸道喔～獨裁者～惡婆娘～」

「美智留學姊，妳抵抗的方式像小姑一樣，敗象濃厚耶……」

話說，過中午就可以摸上我的床嗎……

※　※　※

十一月二十×日（五）中午　第二次會議（劇本會議）

「『巡璃27』NG，通篇廢棄，重寫。」

「是哪裡不行啦！」

於是，在我把副總監捧上天以後，經過短短三小時……

「還問哪裡不行……所有內容簡直糟到讓人不想說明喔。倫也，你自己寫著寫著都沒有發覺嗎？」

「何止沒有發覺，我現在也一點都不覺得啊！因為這是我昨天晚上從頭到尾哭著寫出來的靈魂劇作耶！」

打完盹醒來的我完全恢復了，沒想到能幹又溫柔的她端出了名為「打回票」的全盤否定等著我。

「出、出海跟美智留也持相同意見嗎？我寫的這段劇本有那麼糟糕？」

「咦？不、不是的，學長，我覺得這是很棒的結局……」

「是啊是啊，我讀過的印象也不錯喔。可是，小加藤卻說『這絕對不能對外公開』……」

「為什麼啦！」

而且，看來這幾乎是她的獨斷……

不過，光是口頭上形容成「靈魂劇作」，大概完全分不出優劣，所以我做個補充……

她們幾個驗收的……就是我今天提交的劇本，第一女主角「叶巡璃」劇情線的結尾事件——「巡璃27」。

在之前提交的劇本中，巡璃與主角自然而然地開始交往，然後耍甜蜜，可是因為發生了某件事，讓雙方出現歧見，巡璃揮淚告別擅自行動的主角，而主角不死心地持續寫信向她表達自己的想法……

於是，兩人停滯的關係總算在這次的劇本迎來終結。

巡璃總算原諒主角了。

可是從「不原諒」到「原諒」的心境變化，需要漫長、麻煩且熱情的儀式。

女方將與男方分開期間的辛酸、難過與心疼，幾乎逐一不漏地詳細告訴男方。

然後，還要求男方一一給她交代……不對，給她懷有熱情的賠罪及和好之吻。

……關於「巡璃27」，內容差不多就是這樣。

不過，只讀過提要或許會覺得十分稀鬆平常，絲毫無法理解為什麼有人能抱著自信，認為這樣的情節有趣。

就算那樣，我仍然要說……

「這是我用靈魂寫出來的耍甜蜜劇本耶！我有絕對的信心可以斷言，現階段寫不出比這更好的作品！」

「啊～……即使如此，我就是覺得不喜歡。」

「所以～為什麼啦啊啊啊啊啊～！」

無論如何，我都有信心認為這篇「巡璃27」很有趣，而且絲毫無法理解惠為什麼要否定。

「就算問我為什麼……不解釋，你就不懂嗎？」

至於惠則不知道是什麼因素，她似乎不肯具體提示自己為何要否定。

「果然是因為情節的『轉』很糾結，不合妳的意嗎？可是，我認為這樣比較能加深兩個人之間的感情……」

「啊～那部分我已經認了，所以沒關係。」

「不然反過來問吧，妳是不中意巡璃一下子就原諒主角？寫得更糾結，讓他們剪不斷理還亂會比較好嗎？」

「關於那部分，我倒不是沒有那麼想過，但是，嗯，問題的本質不在那裡。」

「……呃，那表示妳對那部分是有一點不滿？」

惠就像這樣含糊其辭地迴避我的追問，卻又散發出明顯的否定氣息朝我瞪來。

假如我現在發飆說：「不講清楚誰曉得啊！」似乎反而會讓她非常惱怒，氣氛一觸即發。

「嗯～小加藤，有妳說得那麼糟嗎？我是覺得還不錯耶～」

「美、美智留……？」

「是啊是啊，像最後的和好場景，我讀了就覺得好心動喔。」

「出、出海……」

而且，實際上在社團成員間，支持我的聲音也比惠要多……

「該怎麼說呢～阿倫的文章確實寫得很噁……可是，他這種噁即使讓御宅族以外的人來讀，不，感覺任何人讀了都會心裡有數耶～」

「喔～我好像可以體會。主角對巡璃喜歡到讓人看了吃不消呢～有傳達出這種感覺。」

「妳想嘛，即使是曾經聽得超入迷的情歌，只要冷靜下來仔細看歌詞，也會覺得作詞者其實腦袋有問題吧？」

「就是那樣就是那樣！中了那種毒以後，感情反而會越放越深呢～」

「……喂。」

她們大概……不，她們肯定是在誇獎，但感覺實在沒有把我當正常人看待的評語，還是讓我有些微詞……

「呃，所以嘍，惠。」

「小加藤，究竟是什麼地方不合妳意呢？」

「惠學姊不具體講出來的話，我們真的不會懂喔～」

即使如此，我得到創作伙伴（美智留和出海）打氣，再一次望向最後的關卡……副總監（惠）。

「我……我不喜歡就是不喜歡。」

「小加藤，這麼說來，代表這純屬妳個人感性的問題吧？」

「就算惠學姊是副總監，光那樣就要廢棄這段劇本，我覺得不太對耶……」

「不只是因為那樣……該怎麼說呢，在這裡我不方便說明……」

而且，當下提不出別的意見，只是一味反對的最強在野黨有些語塞，卻還是用想訴說些什麼的目光瞪我們。

……呃，與其說是瞪我們，她瞪的只有我？

「惠……我跟妳說，我希望能確實接納妳覺得不妥的地方，並且確實改進……」

我扎扎實實地感受到那道好似在訴說的目光，再一次以正經的神情正面望向惠。

「所以，我希望妳能把覺得不喜歡的地方說出來，也希望對內容好好地做討論。」

「呃，就不是那樣嘛……」

而惠面對我認真的態度，則是表情有些困擾似的把臉別開。

「可是妳聽著……我真的打從心裡相信，這篇『巡璃27』是最棒的！」

「我說啊，倫也……」

即使如此，彷彿現在就要這麼做才對，我不長眼地一舉拉近跟惠的距離……

「畢竟，至少在至今的人生中，我從來沒有在現實裡那麼心動過……」

「看吧，這段劇情果然是實際經驗。」

「學長本人都爽快爆料了啊～」

「我什麼都不曉得，心裡也沒有數。這些都是倫也的妄想……！」

「嗯？」

於是，我好像轟轟烈烈地踩中地雷了。

※　※　※

十一月二十×日（五）下午零點三十分　第三次會議（劇本會議／延長賽）

『原來如此……所以社團成員內的意見有分歧嗎？』

「……應該說，有許多狀況讓我們無法表決，該怎麼辦才好，伊織？」

東拉西扯到最後，我們惹火了在場的最高權力者，事到如今只得以毒攻毒，或者痛下決心找隻獴來鬥毒蛇，決定仰仗盛讚在校中（不過現在是午休）的總監做裁決。

「受不了，真不曉得小加藤有什麼不滿意……是接吻描述得太寫實了嗎？」

「會不會是這句『兩人的唾液相互混合，絲線連結起雙唇』的修辭不行嗎？我好不容易連忠於描述的劇情CG草圖都畫出來了耶～」

『啊～啊～我聽不見。話說冰堂同學和出海，妳們能不能別講話～』

此外，目前隔著Skype參加會議的不只伊織……

「唔哇～副總監好霸道～」

「學姊好霸道喔～」

『……我已經要妳們別講話了吧？』

「……噯，妳們的制衡關係在不知不覺中改變了吧？發生了什麼事？」

所以嘍，從引號的用法就能看出來，惠鬧了些脾氣後離開房間，窩在樓下廚房……不對，一邊在廚房準備午餐，一邊用手機參加會議。

……話說回來，多地溝通技術在我們社團裡格外發達耶。

雖然人與人之間完全不能溝通。

『嗯～其實我剛才也讀過劇本了……或許如加藤同學所說，這篇「巡璃27」確實有問題。』

『咦……？』

「伊織？」

「哥、哥哥……？」

「波……波島哥在幫小加藤說話？」

當我講這些時，最有溝通障……不對，理應有溝通障礙的伊織與惠之間，好像正要發生什麼戲劇性變化。

『對，和好的劇情受到大家讚賞，不過在我看來，這段情節發展有致命性缺陷。我想，加藤同學察覺到的八成也是同一個地方。』

「你說……致命性缺陷？」

「有嗎，小波島？」

「天曉得，我完全看不出來……」

以往對各方面的方針，總監與副總監在意見上從來沒有同調過，這是他們首度連成一氣……母片出爐在即，這對我們「blessing software」來說是最後一次，同時也是最大的高潮戲碼，足以傳頌至後世……

『那就是……女主角太我行我素、自我意識過剩又傲慢，完全無法引誘消費者投入感情。』

「咦？」

「咦？」

「咦？」

『…………咦？』

……我還以為是這樣，但看來我想錯了。

『哎呀~第一女主角在結尾變成這麼糟糕的地雷女，會引燃戰火喔。甚至會讓以往喜歡她的人折片退還給社團耶，啊哈哈。』

『……我一點也不懂你在說什麼。』

「唔、喂……伊織。」

到最後，或許該說果不其然，（對特定某人）比想像中還尖酸的總監，無非就是假裝連成一氣，再使出既高竿又低俗的激將法。

接著，或許還是該說果不其然，（對特定某人）比想像中還經不起激的副總監，就被逼出了既沉靜又劇烈的反應。

『竟然會對這種地雷女主角卑躬屈膝，倫也同學，你寫的主角是有多M啊？加藤同學也是這麼想，才對你打回票的吧？』

『我很想知道，為什麼你會導出那樣的結論？是不是你位居總監，卻缺乏想像力呢……！』

「唔、喂……惠？」

惠隔著喇叭傳來的聲音幾乎聽不清楚。

「？這什麼聲音啊？」

「天、天曉得……」

然而，那絕不是因為音量太小，只是有具節奏性又大聲的雜音蓋過了她講話的聲音而已。

沒有錯，可以知道的是……用菜刀剁食材之際，以砧板發出的聲響來說，會發出那種噪音顯然用力過頭了……

『哎呀，我想大概是第一女主角的地雷被引爆的聲音吧，啊哈哈。』

『～～～～～～～～（好像嘀嘀咕咕地在說什麼，卻已經完全聽不清楚）』

「你們別鬥啦啊啊啊啊啊～！」

※　※　※

唉，經過社團成員間一如往常（？）的熱烈衝突。

結果，我提交的結尾劇本，可喜可賀地在全員同意下過關了……

※　※　※

十一月二十×日（五）下午三點　第四次會議（劇本會議／二度延長賽）

「……重寫。我非常非常非常不滿意。」

「咦咦咦咦咦咦咦～！」

……並沒有過關。

此刻，在我眼前的是一疊用紅筆及大量便箋裝飾過的厚重紙張。

而且又多了一位黑長髮的美女，正逐一指出那些注釋，準備對我大挑毛病。

「我聽說劇本總算完成，就叫冰堂寄來讓我驗收，看來你還不能自立門戶呢，倫理同學……

沒辦法，我只好出手扶持嘍。沒錯，這是為了助你一柱擎天喔。」

「呃，感謝妳的指導，不過別總是故意用那種混淆視聽的修辭技巧好嗎，詩羽學姊？」

「話說霞之丘學姊，妳是為此專程從大學過來這裡的嗎……？」

早應大學一年級，霞之丘詩羽。

半年前還跟我同樣就讀於豐之崎學園，並在「blessing software」負責劇本的前社團成員。

「……這個嘛，我只是在去澤村家的途中順道過來而已。要跟她討論《寰域編年紀》的DL

C。」

而且，她從高中時期就以職業作家的身分活動，目前則在家用主機廠商「馬爾茲」的RPG大作《寰域編年紀XⅢ》負責劇本，是新銳劇本寫手。

「DLC？那是什麼？小波島，妳知道嗎？」

「嗯，冰堂學姊，精確來說那叫可下載內容，好比遊戲發售後，還會在網路上發布追加劇情或角色喔。」

「是喔～原來現在的遊戲不是包裝上市就結束了啊～」

「是啊，不過遊戲還沒有發售就製作這些，還真倉促耶。該不會是母片送廠後發現有致命性BUG，才用那種形式推出修正檔吧……」

「…………波島，在嚴格品管下出貨的家用遊戲，是沒有所謂BUG修正檔的。假如妳也志在專業，就要記住這一點。」

「為什麼要那麼用力瞪我啊，霞之丘學姊！」

然而，此刻的她，倒不是沒有些微快要被商業黑暗面吞沒的感覺。

不過，那暫且不提……

「所、所以說，詩羽學姊，我寫的劇本有哪裡不行？說到的地方我都會改，請妳直說不用客氣！」

「呃，倫也？剛才你才說『自己有信心可以斷言，現階段寫不出比這更好的作品』……」

「事態是時時刻刻在變化的喔，惠！」

畢竟這可是詩羽學姊的指導。

有機會受行家……應該說，好不容易有機會受師父薰陶，絕對不許錯過。

「……呼嗯～～～」

「……也許靈魂劇作會變成神級劇作耶，妳要懂嘛。」

……嗯，雖然說，還得安撫目前淡定地瞪著我的惠。

「實際上，關於『巡璃27』的和好橋段是沒有問題，吻戲的描寫也沒有話說。不愧是有經驗者呢，倫理同學。」

「那些多餘的開場白就不必了，請說結論！」

之後，詩羽學姊將紙本劇本攤到桌上，開始一邊指出她檢查過的環節，一邊具體地點明問題所在。

……以位置而言，她就貼在我旁邊。

「…………」

「噯，小波島？她剛才說的經驗，是指跟誰的經驗呢？」

「請不要問我啦！」

還有，形同被詩羽學姊擠出去的其他三人則是待在離桌子有些距離的位置，遠遠地望著我跟學姊壯烈的耍甜……對稿之戰。

「更重要的問題，在於『巡璃尾聲』喔……」

「咦……？」

「尾聲……」

「『巡璃尾聲』？有那樣的篇章嗎，小波島？」

「有啦……妳想，就是結局過後，場景從『之後過了半年』開始的那一段。」

「喔……喔～感覺好像有，又好像沒有。我好像跳過去了，又好像瀏覽過……」

「哎喲，畢竟劇情分量只有『巡璃27』的一成，又是在美少女遊戲裡常見的發展，印象不深或許也在所難免啊。」

「抱持那種心態是不行的喔，波島……不，倫理同學。」

不過，儘管詩羽學姊先擺出那種挑釁的姿態，她在給建議時，卻似乎完全無意用三言兩語就敷衍過去。

「或許也有人誤解『結尾好就一切都好』的『結尾』，指的是高潮戲碼……」

她在近得好像隨時會讓嘴唇相觸的距離望著我，眼神卻認真無比，語氣和態度也都認真到嚴苛的地步。

「然而，真正讓故事畫上句點的是尾聲……要是在這部分偷懶，難保不會讓以往的努力全部白費。沒錯，這會變成『結尾差就一切都差』。」

「可、可是，我又不覺得自己寫尾聲時有偷懶……」

「那你能斷言自己有投注靈魂嗎？你敢拍胸脯說，這就是灌注了自己目前所有能耐寫出來的尾聲嗎？」

「詩、詩羽學姊……？」

「在這當下，冰堂就已經對你寫的尾聲幾乎沒印象了……連自家人讀過都沒有印象的劇本，你真的打算就這樣讓它問世嗎？」

嗯，在這裡不提內容大概也很難判斷優劣，所以我做個補充……

「巡璃27」過後，以演出來說會直接進入結局，在片尾最後秀出社團標誌時，再點擊畫面一次就會開始進行「巡璃尾聲」。

那是從「巡璃27」隔了半年後……

巡璃和主角手牽手，走在落櫻繽紛的坡道。

兩個人懷念地彼此談到，那個季節與那個地方是他們認識之處，後來更彼此笑著看待過去發生過的許多事情。

到了最後，彼此發誓「以後也要永遠在一起喔」……

「不、不過……可是這是尾聲喔，故事結束後才會附上耶。」

「就算那樣，這段情節稱不上好也算不上壞，有何價值呢？」

「要說價值……應該就是兩個人往後也會幸福下去的安心感……」

「癥結就在那裡！為什麼這個主角不只交到了女朋友，還跟她考上同一所大學，描寫得好像往後的人生保證會成功呢？之前他只是追在第一女主角的屁股後面到處跑，都沒有付出其他的努力不是嗎！」

「咦咦！妳要在美少女遊戲中提那個？非要提嗎？」

「即使戀愛故事結束了，人生的故事還是會繼續喔。這篇劇本無法讓人感受到那種深度，無論如何都會覺得是編出來的空談。」

「美少女遊戲就是好在既沒有深度又爽快啊！正因為是編出來的空談，才能萌得安心嘛！」

「錯了，不可以……這個主角應該要多受痛苦，累積挫折，然後深深煩惱才對……」

「不、不然要怎麼寫才好？」

「我想想……比方在故事的尾聲，讓他和有許多往事的舊情人重逢，演變出反反覆覆又難分難捨的三角關係……」

「那就不叫尾聲，而是最終章了！」

如此這般，詩羽學姊提出了既寶貴又深奧的教誨……

雖然或許有一半是她真的感受到的不滿之處，但剩下的另一半，不過是刻意忽略美少女遊戲的法則，託辭跟我鬧著玩罷了。

所以嘍，我們雙方應該都抱著「是是是，我明白了，請容我用作參考～」虛應，到最後就解散的想法。

可是……

「得說幾次不需要『轉』，妳才會懂呢，霞之丘學姊……？」

「我也說過好幾次了吧，加藤？『轉』是端看故事之神（倫理同學）高興的。」

「既然如此，神（倫也）已經定出了沒有『轉』的尾聲，想推翻掉那些的妳又算何方神聖呢……？」

「唔、喂……惠？」

「天曉得我是誰呢。說不定，我是連神都能蠱惑的惡魔（舊情人）。」

「唔，我很感謝妳以老社員的身分提供建言……但建言終究是建言，我可完全都沒說過，希望妳對編劇方針（第一女主角的幸福）出意見喔。」

「當然了，我也認為這只是建言喔。然而判斷要予以採用並改換方針的，終究是神（主角）吧？」

「……嘖。」

「……嘖。」

「等一下等一下等一下！那兩個人什麼時候變得這麼針鋒相對的！」

「哎呀……難免啦，妳說對吧，小波島？」

「嗯，就是因為那次吧，美智留學姊……」

不知不覺中，好像在我不知情的地方形成了如此無法一笑置之的人際關係……

※　※　※

於是，經過如此烏煙瘴氣的人際糾葛……不對，經過熱烈討論，最後我的劇本雖然當場加了微幅修改，但這次總算大功告成了……

不久後，當外頭被夕陽染紅時，詩羽學姊依原先計畫轉戰英梨梨家，剩下的成員則是各自回到了工作崗位。

惠嘀咕歸嘀咕，還是開始編寫程式碼了。

她不時會小聲唸出文章，然後用頭撞桌子或猛拍臉頰，或者帶著死魚眼站起來休息。總覺得那些舉動既恐怖又可愛、又詭異。

美智留則又開始埋頭作曲。

她也會不時重讀劇本，然後「咯咯咯」地賊笑或專心地用指甲彈奏，或者按著眼角苦思，同樣讓人覺得詭異也要有個限度。

……不過，考慮到我在寫劇本時，旁人看了肯定也有相同感想，就覺得自己沒資格說別人，倒不如說，一想到她們在那些奇怪舉動的背後不知道冒出了什麼厲害的主意，我反而為之興奮。

然而，在大家都如此撒野的環境中……

反觀獨自顯得安安靜靜，在社團裡最年輕，職掌也最為重要的出海……

將劇本讀完一遍後，她就拿出素描簿，卻沒有打開；閉上了眼睛，卻也沒有入睡。

不知道是在冥想還是沉浸於妄想的她，始終沒有讓旁人察覺心中所思，只是靜靜地度過時間……

※　※　※

十一月二十×日（五）下午八點　第五次會議（劇情事件CG會議）

「妳說……七張？」

「是的！那就是這篇最終劇本和尾聲需要的劇情圖片數量！」

於是幾小時後，彷彿看透了什麼的出海猛然睜開眼，總算宣布了自己接下來的工作量。

「吵架場景一張、哭泣場景一張、從和好到耍甜蜜的過程三張！尾聲的所有角色集合圖和巡璃特寫是兩張！所以總共七張！」

「出海……妳說七張……」

「這樣啊，終於到最後衝刺階段了呢，小波島！」

「不，在剩七張要畫的階段衝刺，妳再厲害也會後繼無力喔……」

對於這一點，其他成員大多抱有同感……沒錯，連剛才會合的伊織，也就是出海的哥哥也只能對我們社團失控的王牌表示傻眼。

「所以嘍，我現在要開始畫草圖！請跟我一起思考構圖，倫也學長♪」

「都叫妳等一下了，出海……再怎麼說，七張也太勉強了吧……」

畢竟看了剛才的狀況就會明白，出海主張要畫的七張，全是新加的劇情ＣＧ。

這表示要從現在開始畫草圖，然後清稿、上色……

以出海過去的作畫步調而言，連要畫完一張的工作量「再快」似乎也得花上一天。

「可是……可是ＣＧ張數不能再少了！」

「但、但是考慮到之前其他女主角分配到的張數，三張就差不多……」

「那樣不行！因為、因為……巡璃是第一女主角啊！」

「啊……」

「唔……」

出海那種失控的模樣也可以當成是在耍任性，儘管我與惠都想設法勸阻……

即使如此，她那發自靈魂的吶喊讓我們同時屏息。

「再說，再說巡璃現在變得有夠可愛的！像最後打情罵俏的場景就甜到讓我在腦海裡不斷打滾了喔～！」

「是、是喔……」

「…………」

「真是的，這才是頂級娛樂啦！無論這些情節是不是虛構的都沒關係！」

「這是虛構的！這完全是想像出來的產物！」

「～～唔。」

還有，這一次她在最後多講的那句話（情節疑似非虛構），讓我們同時做出了滿懷羞恥的反應。

「總之，因為這樣，再畫七張是不能讓步的！再說，原畫工程會被逼得這麼緊，都是劇本收

尾的期程大幅延誤……」

「啊啊，別說了別說了別說了！」

我們社團的原畫家大人就像這樣，一下捅刀於無形，一下又翻起舊帳，社團代表與副總監都攔不住她，音樂負責人則是根本無意阻止。此外，製作人兼她的大哥也只帶著苦笑，擺出無奈的姿勢令旁人不爽。

到頭來，我們只好以原畫家的任性……不，以創作意欲為重，定奪「總之先排排看作畫優先順序吧」，在期程安排上可說是糟糕透頂。

然而，我在這個時間點，並不認為這項問題就此解決了。

尤其讓我掛心的是，「離截稿為止還剩七張」這種似曾相識的CG張數……

※　※　※

十一月二十×日（五）下午九點　第六次會議（劇情事件CG會議／延長賽）

「再兩天要畫七張？辦不到辦不到辦不到辦不到！不可能！那不是人類能達成的技倆！」

「不試試看怎麼曉得呢，澤村學姊！」

「話說，我希望妳在一年前就做出那樣的判斷耶，英梨梨……」

我看著此刻在眼前晃來晃去的金髮雙馬尾，就想起自己為什麼會對那樣的ＣＧ張（七張）數感到掛心了。

「正因為當時沒能將母片完成，我才像這樣由衷地忠告妳啊……雖然說，實際畫出來的圖筆觸犀利至極，連我自己都敢斷言有神級水準。逆境果然會逼人成長呢。」

「……對不起，倫也學長，還是讓我挑戰看看好嗎？」

「妳別用假意相勸的方式激出海啦！」

那頭金髮的主人正是豐之崎學園三年級的澤村・史賓瑟・英梨梨。

她是我從小學時期就認識的青梅竹馬，而且直到半年前是在我們「blessing software」擔任原畫的前社團成員。

「我從惠那邊聽了狀況就覺得在意，果然幸好有過來探望……身為代表卻制止不了失控的工作班底，你從一年前就沒有任何成長呢。」

「呃，關於那一點，我是無話可說啦，不過被一年前失控的當事人講成這樣，我也希望妳能設身處地地替我著想……」

而且，她在社團中的失控……不，活躍獲得賞識，目前正在家用遊戲廠商「馬爾茲」的ＲＰ

G大作《寰域編年紀XⅢ》負責角色設計，是親身體現了日本御宅族之夢，正在急速成長的插畫家。

「再說，波島出海，要超越自身極限，並不是一朝一夕就能辦到的事情喔。像我也曾經為漫長的低潮期所苦，過著始終無法成眠的日子，該讓我依靠的總監卻什麼提示也不給……」

「我已經吐槽到累了，就當我是下三濫總監吧……」

「總之說來說去，我是用閉關的方式把自己逼上絕路，才總算到達那種境界的喔。像妳這樣待在被大家圍著奉承的環境，又熱鬧又開心地畫圖，怎麼可能破殼而出……」

「對不起，我現在就出發去那須高原！澤村學姊，請問能不能將別墅借我用呢！」

「我絕不會讓妳去的，拜託妳們，千萬別再閉關啦啊啊啊～～～～～！」

此外，儘管英梨梨被招募參加那麼浩大的企畫案而離開社團，至今仍會像這樣回來露臉，還不忘對我們的現任王牌（出海）原畫家出口相激，她就是如此幼稚的女生。

話說回來，這次的集宿活動從早上就一直在開會耶。

「不過呢，出海，雖然英梨梨講話既不成熟又討罵又夾帶私情，但我覺得她所說的內容是有道理的喔。我也認為從現在起要畫七張圖太吃緊了。」

「……先假意幫腔再背刺別人，妳真的把這種風格練到爐火純青了耶，惠。」

「可、可是，我這股已經湧上來的創作意欲要怎麼辦……」

連擔任副總監的惠都幫英梨梨撐腰，即使狀況演變成這樣，出海還是不肯乖乖點頭。

「嗳，波島出海，關於妳那七張圖的分鏡，就我來看，至少可以砍掉三張喔。」

「能砍掉三張……那麼多嗎？」

「是啊，吵架場景、打情罵俏場景當中的頭一張，還有尾聲的全角色集合圖。尤其是最後那張因為角色數量很多，實際下筆會需要畫三張圖的工夫。從現在開始動工實在來不及。」

不過，這次英梨梨態度一轉，對出海真誠相待。

「雖然妳目前還是業餘的插畫家，可是，妳背負著社團的命運。說起來，妳就是『blessing software』的命脈喔。」

「澤、澤村學姊……？」

「正因如此，身為命脈的妳，不應該在這時候做出讓所有人不幸的選擇……正因為我在一年前那樣做過，才說得出這些話。」

她以認真的表情正面凝望著出海，用不算大聲卻強而有力的嗓音對她說，並以態度來證明自己所言既非撒謊，亦無玄虛。

「那、那麼，澤村學姊……」

英梨梨是出海憧憬且視為目標的插畫家，聽完那些發自靈魂的話語，她也認真坦率地露出了

接納的態度……

「妳敢說砍掉那三張圖會讓作品變得更好嗎？妳敢說刪圖將內容精簡，會讓完成度變得比較高嗎？」

「…………………………………」

「……英梨梨，妳這時候幹嘛不講話？」

……雖然出海看似接納了，可是，由於她得不到最後的答覆，形勢好像有了微妙的轉變。

「噯，波島出海……」

「什麼事，澤村學姊……不，柏木英理老師。」

「妳有沒有意願用我？」

「……英梨梨，妳這時候幹嘛提那種主意！」

接著風雲突變，彷彿隨時會有暴雨襲來的氣息瀰漫開來。

順帶一提，現實中的天色以時間來說已經全黑了，我不清楚天候如何。

「這部作品非得從頭到尾都是妳的圖才行……然而，妳一個人從現在起要畫七張圖，在物理方面果然辦不到。」

「那麼，妳覺得怎麼辦才好呢？柏木老師……」

「替草圖清稿、打底色之類費工夫的步驟由我來做。草圖、線稿修正和完稿，這些決定圖像方針的步驟則由妳操刀……」

「英、英梨梨？出海？」

「妳們怎麼談得像是下定了決心一樣啦！」

最後，有一道雷聲劇烈響起……

「壞就壞在……倫也的劇本把配點都灌在打情罵俏上面了。」

「那樣不好嗎？捍衛作品概念不行嗎！」

「巡璃真的可愛到沒有極限，就是這點不行……」

「咦？怎樣？為什麼妳也要瞪我呢，英梨梨？」

我們「blessing software」的母片製作工程忽然觸礁了。

「所以嘍，妳能不能跟上呢？波島出海……」

「拜託妳了，柏木老師……我想讓這部作品超越前作！我想讓它高過柏木英理擔任原畫的作品！」

「……特意訂那種氣人的目標很像妳的作風，但是我明白了。那就開工吧，波島出海！」

「拜託妳了！柏木英理老師！」

到最後，社團代表（我）、總監（伊織）和副總監（惠）都掌控不住像這樣緊緊把手交握的兩人……

於是，離完成遊戲只剩兩天時間，我們社團將在狂風暴雨中，航向滿是暗礁的海域。

「啊，不過請妳要百分之百地聽從我的指示和判斷喔，柏木老師。畢竟這部作品的圖像負責人是我。」

「說真的，妳能不能改一改那種自然流露的傲慢！」

※　※　※

「哎呀，事情變得很奇妙呢，倫也同學，啊哈哈。」

「現在不是笑的時候吧，伊織！你在後半段都沒有發言吧！想點辦法啦，製作人！」

「最後要做決定的是你喔，社團代表。」

「……啊，別用那種方式講話。我感到不爽了。」

就這樣，集宿第一天順……雖然稱不上順利，時間還是流逝而去，如今進入星期六已經過了一個小時。

並非在我房間……而是在我家客廳，我和伊織兩個人坐在沙發上回顧昨天一天發生的事。

到了深夜，還讓好幾名男女混在一個房間裡實在不太好（先擱下為什麼一個男生和好幾個女生就可以的疑問），因此定下了男性成員在二樓有事呼叫以前在此待命的體制。

英梨梨則回到自己家，目前處於一面和詩羽學姊處理本職的工作，一面等出海聯絡的狀態。

還有，這是最重要的一點，我父母一如往常……不對，難得出外旅行過夜了。

「話說回來，七張啊……」

「變成要畫七張了呢。」

不過，那碼歸那碼，社團代表與製作人被趕到客廳後，一面縮著用筆記型電腦工作，一面像這樣口燦生花地開起集宿第一天的反省會（景象並沒有那麼花俏）。

「你認為真的來得及嗎，伊織？」

「從出海以往的實際成績來看應該行不通。即使能完成線稿，也來不及上色。」

「嗯，也對……」

出海畫圖的速度確實驚人。

她曾在短短一兩個小時內完成近三位數的素描。畫得起勁時，她的筆會在紙上奔騰不息。

可是，像這樣委託出海操刀遊戲圖像後，我才發現換成上色的作業（應該說是理所當然），她的作畫速度就與我所知的一般標準差不多。

「可是，從這個社團在去年的實際成績來看，我不會說這樣行不通。」

「但那是英梨梨逞強拚到病倒的成果……」

何況我親身體會過去年那種由逞強與憾恨帶來的無力感，要逼出海做一樣的事，我實在是下不了那樣的判斷。

「不過，總之，我們只能進行自己該做的事了。」

「你說該做的事……是指什麼？」

「這個嘛……先對外謊稱母片已經完成，到冬COMI當天若無其事地發售劇情圖片有漏的產品，之後再打著『強化演出效果』的虛偽名義，在網路上發布容量不知為何要用GB來算，內含新素材的更新檔……」

「別說是虛偽名義啦！裡面確實『也有』強化到演出效果啊！」

沒錯，就是有會在重要場面沒有圖，明明是全語音規格卻到處缺語音，反而還多了許多要命BUG的初回限定版，絕不是因為趕工不及的關係喔（表面上）。

「不過，倫也同學，即使把剛才說的那些當作玩哏，寫完劇本的你（寫手）還是要轉換崗位，協助編寫程式碼。萬一圖奇蹟似的完成了，遊戲本身不會動可就落人笑柄嘍。」

「我不就在做了嗎……」

我這麼說著，不高興地敲起放在腿上的筆電鍵盤。

不，之所以會擺出不高興的樣子，單純是因為我看見畫面上顯示出「系統已停止運作」的恐怖訊息框，並非對伊織的講話方式感到不爽的關係。

可是……

「說這種話的製作人（波島同學）又如何呢……」

「啊……」

有道基本上淡定，又微妙地帶有情緒的聲音介入我們的對話。

「出海和冰堂同學都在努力，倫也在完成劇本後也還是忙著工作，可是看起來好像只有一個人都沒在動手耶。」

用大盤子裝的三明治與義大利麵，還有提神用的咖啡也順便被擺上桌。

……透過方才待在廚房，最俐落地動著手的某位人物（惠）之手。

「哎呀，我在分工上是製作人啊。創作者們都動起來之後，我只能安坐守候啦。」

「我記得你也兼任總監才對吧？但我卻沒有看過你寫程式碼耶。」

「唔、喂……惠。」

「聽好嘍，加藤同學。寫程式碼原本是編碼員、程式員或演出負責人所居的位置。我們社團人不多，才會由副總監或劇本寫手兼任就是了。」

「是啊，我們人不多。正因如此，製作人和總監是不是也該一起動手努力呢？」

雖然現在已經變成最犀利地動著嘴的人物（惠）了。

「很遺憾，我的工作不是出手，而是動一張嘴巴。」

「…………」

「呃，惠，我跟妳說，伊織是……」

嗯，我明白惠想表達的意思，也覺得伊織的態度有落人口實之處，即使如此，單就目前爭論的事情而言，其實是伊織的說詞得勝了。

畢竟先不管惠是否曉得，我可是明白的。

我明白伊織每週末……不，含平日在內，為了跑店鋪和宣傳活動，在外面奔波得有多辛苦。

我也明白那對我們推出新作前的市場評價有多大的貢獻。

然而……

「哎呀～總覺得妳已經把『對不速之客超不爽，但是顧及老公顏面，只好努力下廚招待的年輕妻子』扮得有模有樣了耶，加藤同學。」

「～～～～～～～～唔唔唔！」

「啊……」

當我正要說明那些事來安撫他們倆的前一刻，伊織的最強挑釁句就讓惠從客廳瞬間移動到廚房了。

……接著，我開始聽見洗東西感覺洗得非常用力的聲音。

「喂，伊織，你夠了吧……」

「要是你在加藤同學面前袒護我，那就傷腦筋嘍，倫也同學……」
「咦……？」
然後，當我準備規勸伊織那種火上加油的言行時……
「假如你現在站到我這邊，你知道我會被她怨恨到哪種地步嗎？」
伊織反而露出安心之色，還指責我的態度，而不是抱怨惠。
「不，你現在的言行就已經夠惹人怨恨了吧？」
「唉……」
面對我（理應）合情合理的質疑，伊織卻不予反駁，還用滿懷同情的神色拍了拍我的肩膀。
「等一下，你那是什麼滿懷同情的表情！我做的事情有那麼像耳背遲鈍的低能男主角嗎！」
於是伊織稍微改掉了同情的表情，這次卻換上賊兮兮的陰險笑容。
「倫也同學，畢竟你跟她開始正式交往了吧？」
「……………………………………咦？」
……此外，就連言行都非常陰險地直指核心。
「原來如此，你以為自己有掩飾好嗎？那麼，你會用剛才那種錯誤百出的應對方式，倒也不是無法理解……」
「等、等一下，穿幫了嗎？難道在大家面前都穿幫了嗎？」

「……嗯，無論穿不穿幫，你們還是得公開說一聲吧。」

還有，這個男的都陰險地直指核心了，卻唯獨對我最後的問題故意閃爍其詞，真的讓人打從心裡覺得很惡劣耶，對吧？

「……噯，伊織。」

「怎樣，倫也同學？」

不知不覺中，從廚房傳來的水聲停了。

此外，由於我敲筆電的手停下了，客廳裡只有我們對話的聲音響起。

「社團內的戀愛會不會讓成員分裂啊？以往毀掉那麼多社團的你，在經驗上應該了解吧？」

「……先不管你這種講話方式會讓人非常沒有意願給建議，不過，會導致分裂的因素，不外乎偷腥、劈腿或跟coser亂搞，所以重點在於你以後會不會覺醒成後宮型主角吧？」

「是、是喔……」

雖然第三項因素滿有針對性而讓我有點好奇，即使如此，伊織的答覆還算實際。

而現在的我，肯定能讓大家信得過……

「只是呢，公然要甜蜜過了頭也是個問題。例如在活動中讓女友扮成女主角，還帶她到死角親熱，卻不巧被缺德的攝影師偷拍，還威脅要把那些圖片散播到網路，而她無法跟你商量這些，

只好獨自讓男人們一個接一個地逞慾……」

「我不會做那種同人遊戲啦，在這個社團絕對不會！還有你跟coser發生過什麼！」

※　※　※

「呼嚕……嘶～～～～」

「…………」

「我想到啦啊啊啊啊啊啊啊啊啊啊啊～！」

「……呼啊～～～～？」

「嗯……嗯～？」

我和伊織會同時在客廳沙發和地板上醒來，並不是因為有一絲絲明亮的光芒從窗簾縫隙照進室內……

「好耶～～～～～～完成了～～～～～～！」

沒錯，是因為從家裡傳出來的那道響亮叫聲所致。

「搞什麼啊？大清早的……」

「六、六點鐘……？」

我硬是睜開無法完全睜開的眼睛，朝聲音傳來的方向望去，發現那來自隔著門扉的走廊。

而且，那聲音以廚房來說太近，以二樓來說又太遠。

換句話說，用刪去法來想，那聲音是在盥洗處響起的……

「阿倫～！我終於想到嘍喔喔喔～！」

「呃，小美妳幹嘛啊啊啊啊啊～！」

「……哎呀。」

我還來不及猶豫，聲音的幕後真身（美智留）一下子就把門踹開……不對，一下子就開門衝過來了。

「好耶好耶好耶～～～～！太完美了，阿倫！我果然很厲害～！」

「厲、厲害，厲害……唔！」

而且，她在一瞬間逼近剛睡醒的我，像魯〇三世一樣撲了上來。

……那真的很厲害。

「哎呀～我整個晚上都在想～副歌的部分怎麼想都沒有靈感～！」

「妳，妳……我說妳喔！喂～～！」

「所以我就去沖澡轉換心情啦～然後就像被雷打中一樣，腦海裡忽然浮現了可以迷住人的旋律～！」

「對啦，妳原本是在沖澡吧！所以快走開啦啊啊啊～！」

畢竟美智留濕漉漉的，身上只圍著一條浴巾，感覺又涼又軟……

「噯，伊織，幫幫忙……你在哪裡！」

「哎呀～我什麼也沒看見喔，倫也同學。」

當我打算向人應該就在旁邊的伊織求救時，那傢伙已經在不知不覺中逃進廚房，還拒絕介入我們這邊。

「重要的是把這傢伙扒開啦！」

「你在說什麼啊，倫也同學？主角以外的男性角色怎麼可以佔那種便宜呢？就算是我也不想在那方面吸到讀者的仇恨啊。」

「你這個叛噗哇啊啊啊啊啊啊啊啊啊啊啊～！」

結果，之後我還是無法讓通宵作曲，而且處於興奮狀態的美智留鎮定下來……

最後是聽見嚷嚷聲的惠起床到外面，我才請她幫忙把人扒開。

……當然被狠狠地瞪了一頓。

※　※　※

十一月二十△日（六）上午八點　第七次會議（片尾曲會議）

「第一女主角劇情線的片尾曲？」

「譜好了？」

「唔哇～學姊終於完成了嗎？我想聽！」

……從早上發生那種風波以後，過了兩小時。

叫醒發生騷動時仍因體力透支，獨自待在房間的出海後，所有人一起吃了惠做的飯糰搭配煎蛋、香腸這些經典菜色當早餐，然後找來原本正在澤村家工作的英梨梨與詩羽學姊，等她們步行五分鐘抵達，在以上行程統統搞定後……

「嗯，還沒有完工就是了～」

在我們這些觀眾面前，美智留手拿吉他坐到床上，一臉自信滿滿地要展現她在這次集宿的最大成果。

啊，順帶一提，關於前面（十行前的）台詞是由誰所說的，還請各位從語氣（參照動畫二期第0話）來判斷。

「哎呀，這次滿難產的耶～大約從一個月前，我就一邊讀巡璃的劇本一邊想來想去，覺得怎樣都不對，畢竟始終等不到劇情結尾出爐啊～」

「萬分抱歉！」

無論是出海的七張圖還是美智留的最後一首曲子，前置作業（寫劇本）延宕果真會影響到全部工作，希望諸位寫手要更加自我警惕。

呃，含我在內。

「嗯，但是經過一再煩惱，這次我對成品相當有自信喔～你們想，基本上我是個天才，所以總是嘩～地想出點子，唰～地記下來，然後就錚～地譜出曲子～」

「……才華豐富是好事，但我認為妳最好也要豐富自己的詞彙喔，冰堂。」

而詩羽學姊這些有道理的挖苦被美智留用吉他彈了一聲，帶著從容的臉色回應：

「反正先聽過曲子，再給我詞彙豐富的批評吧～」

「美智留，妳又打算催淚了吧……好！來吧！」

從她的態度……不，這種自信滿滿的態度對美智留來說是正常運作，即使如此，我仍導出了這次曲子也不得不給予莫大期待的結論。

「像你這樣做好萬全的準備要哭，反而會給我壓力耶～」

美智留一面用耍寶的態度回應，一面還是帶著讓人完全感覺不到壓力的神情，閉眼將手指擱

上弦。

「這麼說來，冰堂同學，樂譜呢？」

「沒那種東西喔。我剛才不是說過自己『想到了』嗎？」

因此連惠提出的問題，美智留果然也理所當然似的揮灑出從容色彩。

「所以嘍，完整版都在這裡了……」

不過她說到這裡並沒有用手指著頭，而是秀出了自己雙手的指頭，該說這就是野生音樂家的本色，還是無可救藥之處呢……

「那我開始嘍，你們要仔細聽喔……然後，哭吧！」

接著，美智留的吉他終於奏出樂音了。

前奏，和我想像的只有些微不同。

該怎麼說呢，感傷的曲調比想像中節制，比我想的更積極正向。

與其說那是故事的完結，更像是開始。

不，這是……

「…………」

「……喔～」

「啊……」

「……嗯？」

「……奇怪？」

「這是……」

在感慨與嘆息聲之中，也有出現一些跟我一樣有點疑問的聲音及反應。

順帶一提，那些反應明確分成了二比四。

「這是……男女主角……」

「邂逅時的曲子，對不對……？」

「……喔～」

片刻後，比例屬於「四」的惠和出海精準地說中了扎在我喉嚨裡那根小骨頭的真面目。

「答對了～……雖然我有稍微改編過啦～」

沒錯，這是「巡璃01」……

話雖如此，既不是劇情文本的「巡璃01.txt」，也不是劇情圖片的「巡璃01.jpg」，而是配樂的「巡璃01.mp3」……

「呃，所以說，這是什麼意思？」

「冰堂是不是將序章的配樂改編成片尾曲了？」

只有沒聽過「巡璃01.mp3（原曲）」的英梨梨和詩羽學姊有些跟不上我們的感想，因而發出疑惑之語。

「我才沒有用那種方式偷工借料喔，你們聽……」

「……咦？」

「奇、奇怪？」

「改成這樣啊……」

「唔、喂，美智留……」

然而，美智留對英梨梨和詩羽學姊的疑問做出的答覆，最先有感觸的果然是另外四個人，而非她們兩個。

……因為一進入主歌，那首曲子就變成「巡璃03.mp3」了。

「巡璃03.mp3」是主角和巡璃在開頭劇情中常用到的日常配樂。

當兩人講話牛頭不對馬嘴，鬧到哭笑不得，分不清楚巡璃的好感度是提升或下降時，就會播放那首「感情培養期」的曲子。

所以，用的是配合劇情走向的喜感曲調，節奏明快。

……雖然在這裡也隨著前奏做了改編，節奏微妙地調慢了。

「怎樣？這是什麼情況，倫也？」

「簡單來說，是不是類似於組曲呢？」

「……唔。」

接著，當詩羽學姊提到「組曲」這個字眼時，我的內心一下子釋然了。

……因為，這次在進入導歌後，曲調就變成「巡璃06.mp3」了。

「巡璃06.mp3」……是巡璃的個別劇情線，換句話說，就是讓我焦頭爛額，一再停筆，最後甚至找第一女主角本人商量才終於寫出的「巡璃15.txt」，並在那段劇情中首次播放的配樂。

巡璃總算……總算意識到主角，慢慢地、慢慢地肯把他當成男生對待。

而我的腦海裡更流入了當時為了創作那段故事，而找惠商量(第十一集第七章)的光景。

「啊、啊……唔！」

我頓時鼻酸起來。

在這個即將彈到副歌的絕妙時間點，我徹底中了美智留的計，情緒已經準備萬全。

「倫也……？」

「倫理同學？」

「…………」

「…………」

而對於我的反應……嗯，撇去伊織不提，有四個人做出了兩套反應。

英梨梨和詩羽學姊，依舊帶著納悶的表情。

至於惠跟出海，則露出「我們明白」的表情。

話說，她們自己也露出了相當「有感」的表情。

『來……哭吧，阿倫！』

『妳、妳這樣……太詐了啦～』

進副歌的前一刻……

美智留望向我，臉上驕傲十足地露出了賊笑。

接著，我們終於來到未知的領域……

進入這首片尾曲的，原創段落。

副歌的那段旋律彷彿替巡璃之前的故事做了總結，柔和而惆悵，幸福洋溢卻令人落寞。

彷彿跟隨於後，彷彿相伴在側，又彷彿從前面伸出手來，情思多彩多姿的旋律。

能讓大多數人感到溫暖，即使單獨欣賞也會覺得美妙……雖然這只是我個人的感想。

「～～唔！」

然而，淚腺充分受到刺激的我，當然抵抗不了那種個人的感想……

我丟人現眼卻毫不羞愧地……

用力踏進了美智留為我準備的陷阱。

「啊……」

「…………」

「……唔。」

「……唔。」

對於那樣的我，同樣有四個人做出兩套反應。

情緒完全跟不上的英梨梨和詩羽學姊有些不甘心。

惠和出海對我劇烈的情緒反應則微妙地表現出不敢領教的感覺，然而，她們也溫柔地，陪伴我似的眼帶著淚。

因為，對從頭玩過這款遊戲的人來說，這首片尾曲肯定是最猛的淚腺破壞兵器。

……唯有這點，我可以保證。

「唔，嗚、嗚嗚……可惡啊啊啊～」

大家都在看我丟人現眼的哭臉，而不是彈奏音樂的美智留。

然而，看了他們的表情也可以明白，至今沒有任何人覺得我痛哭成這樣很滑稽。

因為這正是遊戲音樂的美妙特性。

跟巡璃的邂逅、日常生活、直到成為情侶的過程、現階段的結局。

只有和劇情、圖像、音樂一起走來的人，才能體會的極致瞬間。

反過來說，沒有一起走來的人就無法體會得如此深刻。

正因此，這就是正確的配樂。

……如果不甘心，就從頭玩玩看這款遊戲吧。

當我哭得不成人樣時，不知不覺中，出海的鉛筆正在素描簿上猛烈遊走。

而英梨梨看見出海在轉眼間逐步完成的那幅畫，表情好像變得更不甘心了。

詩羽學姊……該怎麼形容呢？她帶著輸得心服口服的表情，凝視著美智留。

伊織則是用手機確實把剛才那段演奏（連我的哭聲一起）錄了下來。

至於惠……她的反應跟我最為接近。

她的肩膀顫抖得比我想像得還厲害，低著頭不讓別人看見她的表情。

※　※　※

十一月二十△日上午九點十分　第八次會議（劇情事件ＣＧ進度會議）

享受過美智留連樂譜都沒有，就毫無差錯地彈到最後的神級作品後。

眾人自然湧現的掌聲讓美智留露出一口白牙回應，隨後……

「好！草圖完成了！」

「咦，已經好了？」

出海高高舉起手中拿著的素描簿。

「怎麼樣，美智留學姊？這就是剛才那首曲子播完後的巡璃。在尾聲中，名符其實的最後一張圖！」

「呼嗯～～～原～來～如～此～」

有人立刻對自己的神演奏做出回饋，美智留沒有給予具體的讚美，而是用宛如深得己心的笑臉回應。

畫在那本素描簿上面的，是滿臉笑容的第一女主角巡璃。

那已經看不出叶巡璃早期在劇情裡老是被講成感情表達草率，缺乏男女相處緊張感的任何一絲影子……不，雖然她肯定是巡璃，即使如此，遊戲剛開始時，簡直無法想像她會露出如此深有意涵的表情。

「妳覺得如何呢，澤村學姊！」

「……別耍威風了，快點把圖給我。我幫妳簡化線條。」

出海那張在我看來只像頂級傑作的草圖，被英梨梨隨手搶走並拿去掃描。

不過，英梨梨連對商業作畫團隊都會固執地反覆要人重畫，卻這麼乾脆就接受那張圖，由此看來，我的評價在她們之間應該也沒有相差太遠。

「所以出海，草圖還剩幾張？」

總之，這樣今天的成果就又添上一張草圖，我們的遊戲製作工程正逐漸朝終點……

「剩幾張……這就是最後了喔。」

「啥……？」

錯了，並不是逐漸。

「因為這是尾聲的圖，當然要放在最後畫啊。」

「……最後？這是第七張？」

「何止如此，這個女生在昨晚就完成四張線稿了喔……」

「……四張？線稿完成了？」

英梨梨語帶嘆息的補充，跟我傻眼的反應重疊。

「……照這樣下去，我這邊的作業進度會趕不上她啊。」

話說，那聲嘆息讓我覺得跟她平時讓馬爾茲總監吐露的嘆息如出一轍。

「來！清稿吧清稿吧！我終於來勁了喔，澤村學姊～！」

「噯，等一下，我自己的工作都還沒……」

「這些弄完以後，我也會幫忙妳那邊啦～」

「妳少得意了，真是的！」

出海與英梨梨那種和睦的……不對，該怎麼形容呢？那種棋逢對手的模樣……

讓我不得不對她們投以期待甚於困惑的目光。

這下子……說不定來得及完工……？

※　※　※

如此這般，所有方針終於定案……應該說「blessing software」終於下定決心，之後的十幾個小時埋首於工作，再也沒有穿插會議了。

過了中午，出海就將七張圖剩下的線稿全部完成，如今正埋首於上色。

那種作畫速度及不被速度影響的作畫品質，連在這一年同樣突飛猛進的英梨梨也不悅地放話表示：「我果然還是討厭妳。」

而英梨梨並沒有直接動手修改出海的那些成果，她都會具體提出建議，並且耐性十足地告訴出海哪裡要怎麼改。

那種尊重對方的態度甚至讓這半年來，看著英梨梨不斷對廠商製圖員窮追爛打的詩羽學姊說出了「既然有辦法耐著性子，一開始就這麼做啊！」這樣的話。

而詩羽學姊不只幫忙看了新出爐的劇情，還埋首於校閱我之前寫完的全篇劇本。

那些貼滿便箋的標記處何止三位數，甚至破了四位數，連性格悠哉的美智留都大笑說：「學姊還是一樣執著耶～」

而美智留在如此吵鬧的房間裡，仍像是聽不見雜音一樣，用指甲彈奏她想到的旋律，陸陸續續完成新曲。

那些樂曲足以讓新情境的意象源源湧現，讓熱烈作畫中的出海大嘆：「請不要再刺激我的新靈感了啦～！」

「唔哇，又有錯字嗎……」

另外，距離忙碌的工作現場不過幾公尺，我獨自待在樓下客廳跟詩羽學姊接連挑出的瑕疵搏鬥著。

外頭老早被黑暗籠罩……話說，看時鐘已經過晚上十點了。

直到剛才，女生們（尤其是美智留）的歡笑和怒罵聲都還非常響亮，但大家也許都累了，又或者是顧慮到左鄰右舍，現在十分安靜。

「我洗完澡了喔～」

「嗯，辛苦啦～」

相隔許久，我在安靜客廳裡聽見的女聲是……

「進展到哪裡了？」

「嗯～共通劇情線算終於處理完了吧。」

剛洗完澡且近在咫尺，來自我女朋友（惠）的聲音……

「那樣能在明天以前完工嗎？」

「……進度搞不好比圖片還要危急。」

剛洗完澡的她還理所當然地來到我旁邊，坐了下來……呃，有穿睡衣啦。

「唉，那我們趕快分工弄完吧。紙本借我一下。」

「喔……」

順帶一提，巧或不巧暫且不提，伊織出門去了，還沒有回來。

「那我會在這邊工作，那邊就麻煩你了。」

「……妳拿的量是不是特別少？」

「我還有許多其他事要做啊。再說我是副總監，有立場指揮劇本寫手。」

「喔～是喔是喔～」

不過在這種走錯一步或許會再錯一步的狀況中，我和惠仍坐在一起，一邊瞪著列印出來的大量校對稿，一邊各自開始用筆電修正劇情文章。

……我們並沒有事先講好要獨處，別誤解喔～

「…………」

「…………」

客廳裡好一陣子只有響起紙張摩擦聲與敲鍵聲。

畢竟詩羽學姊的校閱量太龐大了。

那些分量與詳盡程度實在難以相信是短短半天內寫出來的，即使考慮到我們過去的步調，我真的強烈地覺得會勉強趕在明天完成。

更何況，雖然有惠幫忙，那也只是剩下兩成左右的內容，結果幾乎都是由我處理……

「……咦？」

「怎樣？」

「沒事……」

仔細一看，留在我手邊的八成劇本簡單來說是五個女主角當中的四人分，分配得簡單明瞭。

而被從中抽走，由惠拿著的劇本——也就是說，只有第一女主角叶巡璃的部分。

「…………」

「……怎麼了？我的臉上有沾到什麼嗎？」

「……沒什麼。」

她的選擇有什麼含意嗎？

難道她有想看的內容？

難道她有不想看的內容？

……不過，這部分只要我像這樣無法直接向她確認，就會成為永遠的謎。

「…………」

「…………」

接著，沉默的時間又在我們之間淡淡地流逝。

畢竟詩羽學姊的校閱量太詳盡了。

那些校閱幾乎遍及所有頁數，而且都有依循前後的對話或描述，甚至觸及劇情。結果要修改那些地方，就非得連前後文都重新讀過。

到最後，幾乎等於把劇本從頭讀起……

「……唔。」

「？妳怎麼了？」

「沒、沒有……」

這次，發出疑惑聲的不是我，而是惠。

「呼哇……」

「所以說，妳是怎樣啦？」

「沒、沒什麼……喔？」

惠在校閱過程中突然屏息，像忍耐打嗝似的掩著嘴，僵住了片刻。

然而，她馬上就如自己所說的一樣，若無其事地回頭進行校閱。

「～～～唔。」

「……喂。」

「我、我說沒事……呼！」

然後她又重複同樣的反應。

「呼……啊！」

「…………」

「……什麼事都沒有喔。」

「我什麼都還沒問吧。」

話說，或許這樣講會有語病……

總覺得惠的反應變得越來越嫵媚了。

「……唔、唔啊。」

「…………」

「……怎、怎樣，倫也？」

「沒、沒事……」

後來，那種狀況又持續了幾次……

因此我為了刺探她為什麼會發出那種有點……應該說奇怪過頭的反應，不動聲色地把身體湊過去，探頭看向她正在處理的劇情。

「……啊。」

「所、所以說，你要幹嘛？」

「沒、沒事……沒什麼。」

我從惠的臉旁邊窺探她正在讀的劇情。

然而，那裡確實沒任何古怪，只有我寫的巡璃劇情的文章。

「唔……」

「啊……」

「咦？」

「啊，呃……沒什麼。」

但即使如此，關於惠那種費解的態度，我覺得自己似乎微妙地接近其中真相了……

因此，那反而讓我自己淪為鬼鬼祟祟的人。

「～～唔。」

「……唔。」

「啊……」

「嗚……」

「所、所以你……」

「就說沒事了！」

惠正在處理的……並非巡璃劇本的開頭。

她將開頭部分擱到後面，正在修改劇情末尾的部分。

昨天，我所交出的「巡璃27」……

那是主角跟巡璃和好，而且，也是遊戲場景中打情罵俏最厲害的部分……

「唔……啊。」

「……唔。」

當我想著這些時，惠那台筆電的游標移到了文章某一節……

具體來說，是移到吻戲中「嗯、啾……」的敘述那裡。

「～～唔。」

「～～唔。」

而且，那一帶還有「好喜歡……」及「嗯、呼嗯！」等敘述，正好就是我一邊在地上打滾，一邊寫出來的段落。

「……呼。」

「唔、啊……」

不知不覺中……應該說，錯在我想刺探狀況而靠了過去。

我跟惠的距離已經近到肩膀完全相觸了。

然後，在我眼前，有她剛洗過澡的濕潤頭髮與後頸逼近。

而且明明是十一月下旬，她的肌膚卻莫名地流了很多汗。

……如此接近的距離不算什麼，以往遇過好幾次了。

惠從剛認識時就隨和到幾乎隨便的程度，根本不會意識到距離有多近，也不會讓我意識到。

不過，那是因為我把她當成「女主角」，而非「女友」。

而她也把我當成「和女生獨處也什麼都不敢做的御宅族」，而非「男友」。

但是，那樣的前提在之前已經瓦解了……

「嗯……」

「嘎啊……」

偏偏在這種時候，客廳卻始終一片寂靜。

二樓的那些人既不吵鬧也沒有下樓，更沒有在不知不覺中悄悄跑來偷看我們。
為什麼偏偏在這種時候，都沒有人來攪局……
「……呼。」
「唔……」
因此，我們……
只能一直維持在一觸即發的狀態。
因為正在舉行集宿，我不會做那種事喔，真的。
……我只有跟她互握了一下手喔。

※　※　※

經過東拉西扯，我們「blessing software」的集宿持續到第三天的週日夜晚。
大家（尤其是出海）奮鬥到最後，奇蹟似的在這個週末湊齊了所有素材。
我們幾個終於要邁向最後一場仗……決戰冬COMI。

……當時，我是如此相信的。

對不起，我在耍寶，不會再出任何狀況了啦！

第三章　這部作品老是將**重要劇情**輕描淡寫帶過耶

十二月三十一日

那是在十二月中，排在聖誕節後頭的重要節日——除夕。

做完大掃除，吃過跨年蕎麥麵，看完紅白歌合戰，一面聽除夕鐘聲一面前往參拜，在一年中屬於相當特別的日子。

……是的，我在去年的這（第六集第七章）一天也有相同感慨，據實而言，今天是Comiket第三天，我們目前所在的這個地方是東京Big Sight。

「唔哇～這些堆起來的紙箱是怎樣……」

「其實去年也應該要這樣才對……」

時間是上午七點半多。

走下寒風颼颼的臨海線國際展示場站，穿過感覺不像在冬天早晨戶外的大量人潮，當我和惠意氣風發地亮出社團票入場後，等著我們的是堆在牆際社團攤位裡，長寬高都超過一公尺的大量貨物。

「我記得這些總共兩千片對不對？像這樣一看，實在覺得不可能賣光耶。」

「嗯，我們社團第一次進這麼大量的貨，妳會怕是可以理解，不過提及進貨量最好要小心。因為會便宜到在攤位前面數紙箱的那些人。」

昨天提前運貨時，先看過排場的我沒有多訝異，但是在還不熟悉Comiket的惠眼中，以我們這五個高中生要發行的作品來說，看起來會覺得有些不搭調或許是難免的。

「……嗯，那碼歸那碼，趕快完成準備吧。」

不過，惠跟往常一樣隨口把我那種消極的回應收尾，打開自己的手提箱匆匆開始準備擺攤。她還收拾了桌上的傳單，鋪好桌巾，設置宣傳海報與品項一覽表，始終保有一定程度的淡定調調，俐落地動作。

「倫也，麻煩你準備排隊最尾端的告示牌。還有那是叫樣本嗎？能幫我準備嗎？」

「這就來～」

無論事情是好是壞，任何事情都可以淡然處之，這就是名為加藤惠的女生具有的不起眼特質，也是她最棒的魅力……這麼說或許實在偏心過頭就是了。

不過呢，總而言之，我們都手腳俐落地做著準備，簡直不輸參加過好幾次的老鳥社團。

「早安～！」

「啊，早安，出海。」

「辛苦嘍～」

然後，大約比我和惠晚了十五分鐘，第三個成員（出海）抵達攤位。

「唔哇～終於要開賣了呢～！每次到攤位，我就覺得自己上緊發條了！」

出海去年也在「rouge en rouge」堆過紙箱，反應不免沒有惠那麼大。即使如此，她探頭看過我們的攤位後，情緒就高昂到像是緊張，也亢奮得發抖，一舉提起了幹勁。

「所以說出海，伊織人呢？」

「奇怪？哥哥還沒來嗎？我起床時他就已經出門了耶……」

永遠都如此青澀的出海身邊就算有跟她同住的家人（哥哥）一起出現也不奇怪，可是那人卻不見蹤影。

「那個人完全沒有來過攤位的跡象，也都沒有聯絡就是了……」

每次扯到伊織，惠就有這種微妙不爽的反應，而我為了先發制人，想盡快了結掉這個話題。

「嗯，隨伊織高興吧。總之，我們先做好準備吧。」

「那樣好嗎，倫也？放任他隨意行動……」

不過呢，毫無解釋就對他那麼寬容，感覺惠還是無法接受。

「那傢伙對我們有能力辦到的事，基本上都不會幫忙啦。」

「……那算什麼？」

不過呢，我也十分曉得這大概是最妥當的解答。

「喔～我懂我懂！哥哥在上一個社團時，也完全不幫忙擺攤。即使待在攤位，他也會一直跟某些陌生人聊天……」

沒錯，伊織只做「非自己莫屬的工作」。

例如跟籌備委員會交涉、和其他社團打交道、向商業領域推銷，他做的盡是這些對社團一定有利益，從旁人看來卻不知目的為何的事情。

「所以伊織要是在這裡，會惹妳更不爽喔。他目前不在會比較好啦。」

……話雖如此，像我自己在成為社團代表以前，也完全無法了解他在忙什麼就是了。

「……呼嗯～～～」

「妳還是不能接受？」

然而，我花了好幾年才總算理解的那些內幕對御宅界資歷兩年不滿的惠來說，好像還是很難懂……

「你們有那種奇怪的信賴關係，滿氣人的耶。」

「為什麼！」

應該說，問題並不在那裡。

「喔～大家都在忙呢～！」

「早安，冰堂同學。」

「早安，美智留學姊！」

「妳來得好晚！」

接著，比出海晚了一個小時……

「誰教我家離這裡很遠～就算跟你們同時間起床，會這個時間才到也是無可奈何的嘛。」

「所以妳就沒有想過要早一小時起床嗎……」

差不多在社團入場即將截止時，最後的成員（美智留）終於抵達了。

「算了，總之妳幫忙貼海報。就是在等妳來啦，畢竟妳長得高。」

「那是沒問題……不過，我們社團的氣氛比去年還糟耶～」

「麻煩妳說是開賣前就備受期待……」

正如美智留一邊環顧四周一邊嘀咕的一樣，我們的攤位前在活動開始一小時前，就已經可以讓人想像到之後的慘烈情況。

館內明明還只有社團入場者，卻不知為何地充滿了許多感覺只是來買東西的參加者……呃，在此就不談及這方面的是非了，然而那些人當中，居然有幾十個人聚集在這個攤位前，有些對我們進的貨拍照，有些不知道打電話到哪裡商量著什麼，有些不聽從委員會工作人員呼籲：「好了，現在還不能排隊，走走走～」的指示，顯然頭一個要排的就是我們這攤，呈現鬥志十足的模樣。

唉，難道今年的推特標籤「#blessingsoftware」又要亂了嗎……

「畢竟上次開過天窗啊，這個社團。」

「伊織……」

「呃，哥哥，你去哪裡了啦！」

這時，有個不知所謂地穿黑西裝耍帥的褐髮痞子（伊織）男鑽過那群連隊伍都不排的脫序人群，瀟灑地登場了。

「在去年冬COMI只發行了一百片燒錄的光碟。然而，之後卻靠店鋪寄賣賣完五千片以上，一躍成了傳奇之作。而且《寰域編年紀XⅢ》的霞詩子&柏木英理搭擋曾參與製作……這樣不可能全無名聲吧？」

「這次沒有那兩個人就是了……」

「問題不在那裡。就算目前班底不一樣了，就算這次的劇本寫手是門外漢，我們仍是奠定傳

奇的社團。那項事實是不會變的喔，倫也同學。」

「當時你不在就是了。還有我自己曉得啦，別叫我門外漢。」

……伊織聽到我的挖苦當然是不為所動，而且一進到攤位，他就拍了拍我的肩膀，還特地把嘴巴湊過來耳語。太近了啦。

「嗯，但是不要緊。我找籌備委員會商量過，我會讓這些人在開場前從那道門往外疏散，都已經安排好了。實際上開賣時，壓迫感應該不會那麼大。」

伊織說完後指向我們攤位旁邊的防火門。

「另外，我也找了幾個熟人幫忙整理隊伍。不好意思，那部分就要讓你去應對了。」

「……你這傢伙還是一樣手腳迅速。」

因為在失蹤期間，這個投機客不著痕跡地辦完那些事了。

「相對地，倫也同學不在攤位裡時，應對會以加藤同學為主……」

「不用你說我也會做，能不能請你默默消失呢？」

不過伊織的厲害之處，或許有一部分成員（惠）無法理解……

不對，就算她明白，肯定還是會擺出相同的態度。

※　※　※

過了九點半，會場間的通行受到禁止。

通往外面的閘口開了，目標放在人氣最高的攤位……也就是閘口前攤位的參加者逐漸被吸引到外面。

之後又過了一會兒，聚集在我們社團前的人群也從一旁的門被吸到外面，攤位前終於取回了寧靜。

就這樣，我們的準備最後在開場十分鐘前告一段落，鬆了口氣。

「那麼，由我來向大家說句話……」

而在空窗的那一刻……

是誰催我這樣做的呢……呃，是惠啦。

「我們『blessing software』的第二次挑戰終於要開始了。」

總之，面對終於來臨的這一仗，我以社團代表的身分像這樣站到大家的面前。

「這次，我們有一個宏大的目標。」

「目標？小波島，有那種玩意兒嗎？」

「就是那個啊……『要打倒拋棄我們的那些叛徒！』」

……嗯，先不管出海一向容易引戰的語氣，她的那句話一點都沒有錯。

我已經約好要跟她們（英梨梨和詩羽學姊）較量了。

我說過自己絕不會輸。

我說過無關於商業或同人，自己會贏給她們看。

……雖然細節和語感好像不盡相同，反正，我說過絕對不會輸給她們。

「可是，那場勝負已經在前陣子分出高下了……」

冬COMI開始的短短幾天前。

做為年末商戰的強檔商品，有一款家用軟體華麗上市了。

名稱叫《寰域編年紀XIII》……

企畫、故事原案、角色原案是由超人氣漫畫家兼原作者——紅坂朱音操刀。

擔任角色設計的是柏木英理，劇本由霞詩子負責，這是馬爾茲起用兩名初次挑戰商業作品的新人，所推出的人氣系列最新作。

從上市前，那款作品憑著美麗且質感過人的圖像佳評如潮……

上市後，劇本與遊戲內容的品質等等更讓評價扶搖直升。

花了幾十個小時玩到的心靈創傷級慘烈結局，一時之間幾乎讓網路上怒火連天。

可是，之後再玩幾十個小時，將所有晦氣一掃而空的真正結局又掀起了褒貶兩派的論戰。

……概括來說，那是大約三天前的事情。

如今，將其評為寰域編年紀系列最高傑作的人、認同其冒險作風的人、批評內容老哏的人、特定角色至高主義派、劇情至高派及其他分支的零星勢力正在大肆爭論，網路上依舊戰個不停。

順帶一提，銷量方面據官方所述，製品版已經售罄，明年初將補貨。

而在這段空檔期，目前堂堂登上了下載銷售榜第一名。

因此，勝負已分。

即使我們賣完這裡的所有軟體，應該也無法如願超越《寰域編年紀XIII》的評價。

贏不了馬爾茲啦……

所以說，這……

「正因如此，這是史上最大規模的敗戰處理。

看我們能追上對方的背影多少，還有能不能追上的賭命之戰！」

「……不要一臉開心地講那種話，倫也。」

「啊哈哈……」

即使被惠半是生氣地糾正，我的嘴角無論如何就是會在那瞬間浮現凝縮了各種情緒在內的笑容。

不過，這也是我目前毫無虛偽的心境。

「大家高興吧……我們的敵人現在超有傳奇性！英梨梨和詩羽學姊真的，真的好猛……！」

「……倫也學長，你的表情真的很得意耶。」

「先告訴你，我（音樂）沒有輸喔～」

「倫也同學，究竟有誰『不是』你的敵人？」

而且，就算被所有成員罵到不行，我講話還是越來越雀躍，越來越走調，越來越……帶有哭腔……

「來吧！所以我們今天也要創造傳奇，讓這場較量輸得難分上下！大家加油！」

「………………喔～」

那陣吶喊聲的情緒非常非常非常低落。

然而，大家的表情傻眼歸傻眼，卻非常非常非常溫柔。

『第●●屆Comic Market即將召開。』

就這樣，我們這場仗……

為一雪去年之恥，盛大地揭幕了。

※　※　※

「『blessing software』的隊伍最末尾不在這邊！想排隊的客人請出門往左手邊前進～！」

過十點鐘以後，一如往常的景象上演了。

「好的，收您兩千日圓。呃，找您三千日圓……呃，惠學姊！請問找零的千元鈔放在哪裡～？」

不，話雖如此，那並非我們的「往常」，而是我們過去只能用一般參加者身分，眼巴巴地望向牆際熱門社團瞻仰的景象。

「千元鈔在這邊……冰堂同學，紙箱接著拆下去。」

開場時，排攤位的隊伍已經長達數十公尺，而且每當有一般參加者進會場就越排越長。

「噯～噯～空箱子放哪邊才好～？」

最後不只是末尾告示牌，連臨時製作的「隊伍中間」告示牌都派上場，還讓工作人員慌了手腳，連以往不曾見過的幫手都被拖來協助。

「呵，起步似乎很順利……但不可以在此鬆懈。消化不掉隊伍，讓人排了好幾小時而惹來前進龜速的非議就太荒唐了。話雖如此，也不能讓隊伍消化得太快，營造出商品不流行的感覺。將隊伍管理得恰到好處比什麼都重要喔，倫也同學。」

「你還是去跟大家一起幹活啦，伊織。」

※　※　※

經過一小時左右，到了冬天陽光也帶來些許溫暖的時候。

排我們攤位的客人……正如伊織的規劃，至今仍沒有中斷，在外圍形成了幾十公尺的隊伍。

「惠學姊，請問貨剩下多少？還可以每人限購五套嗎？」

「呃，我看看，冰堂同學，我們還剩幾箱？」

「一、二、三……剩六箱喔～」

「所以說，一箱裡面有……片，表示還剩……」

「從下一批客人開始限購兩套。隊伍那邊已經轉達過了，收銀這邊也要確實應對喔。」

「哥哥……」

「大約剩八百套呢。賣到剩三百時改成限購一套。沒問題，時機全在我的掌控中。」

「是喔～你只靠剩下的紙箱數量就知道那麼多啊～」

「不只紙箱的數量。目前桌上擺的、要保留給別人的張數，我全都心裡有數，所以才能掌握出這樣的數字。」

「……」

「聽好嘍，加藤同學。認為沒在現場忙就無法掌握正確狀況是大錯特錯。不，也有正因為有稍微保持距離，反而才能冷靜、準確地做判斷的情況。既然妳自稱社團副代表，希望妳起碼要曉得這點道理……」

「…………嘖。」

「啊、啊哇哇哇，惠、惠學姊……？」

「好了好了，小加藤，別顯露妳麻煩的本性，趕快幫客人結帳～」

……雖然說，好像也不是沒發生這種一觸即發的事態（當時我不在場，都是聽來的！），不過大致上，我們社團如同預期……不，生意好到大幅超出了預期。

而在許多人排隊的隊伍中，不時也會混著熟面孔……

「呃！妳們在搞什麼啦！」

「別特地來打招呼啦，我們是來微服探訪的。」

「如果被麻煩的粉絲發現怎麼辦？你真的很不長眼呢，倫理同學。」

那並不是什麼令人意外的面孔，而是前幾天才幫了大忙，協助我們製作今天要賣的遊戲，幾乎等於自己人的前社團成員（英梨梨和詩羽學姊）……

說真的，這部作品的登場人物不多呢……

「不，妳們不必排隊吧？明明只要來攤位打聲招呼，就會把成品交給妳們……」

「我是來檢查你有沒有準備足夠的貨，讓想要的客人都能買到。」

「為此我們是從早上七點鐘開始排隊的，萬一這樣買不到，我就要毫不留情地抨擊了。」

「我會在推特痛罵你這個賣東西龜速的爛社團。」

「你們似乎在開賣前就頗受期待呢，感覺戰火會燒得比去年更旺。」

「喂，妳們這種顧客很討厭耶。」

「說到底，當你把我們叫成『顧客』時，觀念就有誤了喔。」

「還不就是口頭恭維妳們。」

「從這句話可以深深體會到之前你吹噓參加comiket要有如何崇高的精神，到頭來只是把來捧場的人當成搖錢樹呢……」

「夠了，妳們還不如去逛企業攤！」

順帶一提，我從那些排隊的人口中有聽到風聲，據說馬爾茲的企業攤在這時候已經湧入想買《寰域編年紀XⅢ》設定資料集的參加者，因而宣布暫停整列了……

※ ※ ※

然後，然後……

要談及正確時間會有許多不便，總之，就當作是中午的某個時段……

「好的，收您兩千日圓，謝謝惠顧。」

當一位男客人拿到遊戲製品，我們目送他帶著勝利姿勢從攤位離開不久後……

「「對不起！『blessing software』完售了～！」」

從早上就一直負責收銀的惠與出海同時低頭賠罪。

這時，眼前仍然在排隊的人們當場發出了嘆息及吵嚷聲……

「謝謝各位……！」

還有曾發出嘆息的同一群人送上的溫馨掌聲。

「大家辛苦了～」

掌聲退去，沒買到的人也隨著鳥獸散，在攤外守候剛才那一刻的我則慢慢走向攤位。

「辛苦妳了，出海。」

「完售果～然好痛快喔～！雖然對沒買到的人很抱歉。」

和一年半前的那場夏COMI相比，出海用沉穩一些的表情回話。

然而，她也露出和一年半前的那場夏COMI差不多的滿面笑容。

「辛苦妳了，美智留～」

「呼～～～～終於結束啦啊啊啊～……結束啦啊啊啊～」

美智留一直窩在狹窄的攤位裡和紙箱搏鬥。

然而，搏鬥的對象沒了，她在那塊空下來的地方，露出有點寂寞的表情。

「辛苦妳了，惠。」

「…………」

還有，跟出海一面顧攤一面陪美智留補貨，忙遍大小事的惠……

「惠……」

「……嗯。」

她總算抬起了說「謝謝各位」時，低下來的頭……

即使如此，惠彷彿還沒有完全回到現實，茫然地環顧四周一會兒。

第四章　祭典後難免**感傷**

接著，十二月三十一日還沒有結束……

「那麼，大家辛苦了！乾杯～！」

「「「「「乾杯～！」」」」」

完售後，我們滿早就四處去打招呼，完成撤收的準備。

不過，沒有任何人提出「那就早點回家吧」這種既正向又冷漠的主意，我們放空心思，望著在攤位前面來來往往的人。

然後下午四點，大家一起迎接場內廣播，用掌聲慶祝冬COMI閉會後，緩緩踏上了歸途。

之後，我們一行人前往的是社團慶功宴會場……地點依然選在我家。

要將平時的工作場所、討論空間、聚會處用來跨年，其實必須比平常多花點力氣調整。

這次我就趁早跟父母交涉，請他們先回每年初一初二都會家族團聚的長野老家（我跟美智留元旦會過去會合），也講好事後會確實收拾（條件是要有惠協助），才獲得了准許。

嗯，單就這一次來說，我會如此堅持選這裡當場地，是因為要找地方讓大家在除夕夜狂歡太累了……有小部分因素是這樣啦。

然而更重要的是，我還是覺得至今一直跟社團眾人相處的這個家，才是最適合當作我們慶祝祭典結束的地方。

……不過，先不管幾小時前跟幾天前的回想，目前已經是除夕夜。

在紅白歌合戰快開始的這個時段，附和我乾杯的是社團「blessing software」成員——惠、出海、美智留、伊織。

……還有在最後趕工階段，付出了莫大貢獻的前社團成員——英梨梨、詩羽學姊，含我在內總共七名人員。

我們在這個人多而變得擁擠的房間裡，用紙杯與烏龍茶乾杯，圍著享用披薩、炸雞與超商賣的點心，各自帶著充滿成就感的表情，彼此有說有笑。

「所以嘍，來搜尋新作的評價吧，伊織！」

「先看玩家對社團官方帳號的回應。接著搜尋推特，２ｃｈ可以排最後或不管。這樣排序對心理衛生應該比較好。」

……想有說有笑，我們還需要一段時間讓心情靜下來（或者自暴自棄）。

「哦……哦？劇本得到的評價……還滿高的？」

「倒不如說，目前幾乎都是對角色發表的感想呢……比如『金髮女角超棒！』或是『黑長髮果然無人能比』……」

「那、那麼，對巡璃的感想呢？還沒有人讚不絕口地回應：『顛覆以往賣萌遊戲女主角的概念，登峰造極的第一女主角叶巡璃』嗎！」

「唔嗯～還找不到耶……」

「再說，發行後只過了幾個小時，我想都還沒有人破關吧？」

「嗳～嗳～那對音樂的評價呢～？」

「啊，這個人有談到劇本喔，倫也學長！」

「我、我看看……！」

「呃，他連續發推了耶……我看看喔。

『blessing soft這次的新作算啥啊？根本是多到氾濫的賣萌遊戲嘛。』

『我很喜歡之前的《cherry blessing》耶。』

『搞什麼，霞詩子居然沒參與製作。以後不買了。』

『唉，我早就知道了，所以我一開始就沒有買。』……」

「那、那個，倫理同學，呃……」

「啊……啊哈……啊哈哈…………要批評等玩完以後再批評啦啊啊啊啊～！」

「啊啊！倫也學長，你冷靜點！」

「不過，好像幾乎看不見否定角色可愛度的意見耶。」

「啊，這個人有寫到他是看見海報才想買而排隊的喔，出海。」

「真、真的嗎？沒有被拿去跟前作的圖做比較，然後罵得狗血淋頭嗎！」

「……抱歉，出海，被拿去跟前作比較的是劇本，還讓人罵得狗血淋頭。」

「要不要加上柏木英理當關鍵字，將搜尋結果過濾得清楚一點呢，波島出海？」

「不，不用了！還是請你們放著別管！」

「所以音樂的評價呢～！」

就這樣，像那樣消極的時光，也在不久後結束，我們這場祭典的結尾則是越來越熱鬧。

「哎呀～美智留學姊的音樂粉～棒～的啦～」

「唔、呃～小波島……謝謝妳喔。」

……我原本是那麼想，但有人好像已經神智不清了。

「沒錯沒錯，跟劇本搭配在一起，簡直棒呆了喔喔喔～」

「噯，阿倫，小波島的飲料裡沒有摻酒吧？」

「是沒有……看來這是通宵工作造成的。」

這麼說來，我記得出海在今天的活動還主動幫忙畫了傳單。

……因為只印了一百張，所以在網路拍賣的價格比製品版遊戲還高就是了。

「所以妳打起精神嘛～就算都沒有人注意，我還是了解音樂有多好啦～」

「而且她嗆人的毛病還是沒變……」

※　※　※

「總之，我從壁櫥裡搬棉被出來嘍～」

「那我會朝這個方向鋪成一排，能不能幫我全擺在那邊，倫也？」

「好喔～」

東聊西聊，從派對開始大約過了三小時的時候，我們收拾客廳的桌子，開始打地鋪。

「兩千張喔，乾杯喔，美智留學姊，妳有沒有在聽啊啊啊～～～」

「呃，就算我擅長黏人，卻不習慣被黏啦～！」

「……美智留，我以前就覺得妳很自我中心，但妳似乎比我想的還誇張。」

畢竟也有人像這樣，快要撐不住了。

「喔～是惠學姊和ＧＡＹ也學長耶～兩位辛苦了～」

「我講過好幾次了吧，別把我的名字發音成那樣，出海。」

「冰堂同學，把她抬到這邊。」

「來嘍～……呼，這個女生意外地重耶～」

「……對不起，那我不能當作沒聽見，美智留學姊，請妳訂正錯誤。」

「妳這不是能正常講話嗎……」

大家就這樣一邊嚷嚷，一邊讓出海在鋪滿客廳的被褥正中央輕輕躺下……

「喝呀！蠍式固定～！」

「嗯噫噫噫噫噫～！」

「出、出海……？」

「啊～……」

……然後，弄了和擂台這麼像的環境，沉睡於美智留體內的摔角手之血當然不可能安分。

「喔。」

「……啊。」

所以我從化為戰場的擂台……不對，從客廳溜了出來，正打算再回二樓的時候，英梨梨反而走下樓梯來。

「怎麼了？冰塊不夠？」

「啊～不是那樣，感覺空調變得有點熱，我想到客廳看紅白歌合戰……」

這麼說的英梨梨臉上確實比平時的白皙還紅潤一些，額頭上有薄薄一層汗水。

但是……

「妳想到客廳啊……」

「裁判！計數呢！」

「咦？呃、喔～……一、二……」

「呃，惠學姊，請妳不要真的幫她數啦！」

「喔～數到二點五就起來了，小波島很能撐喔～」

「…………」

「…………」

沒錯，客廳正在展開激烈戰鬥，已經不是能安靜待的地方了。

※　※　※

「好冷……」

「那還用說，除夕嘛。」

所以，在家裡找不到地方棲身的英梨梨直接走下玄關，穿我家的涼鞋走到外頭。

這樣的話，我總不能讓女生晚上一個人待在屋外，也跟著英梨梨走出屋子。

即使到了外頭，還是可以聽見從客廳傳出來的一絲喧鬧聲，讓我有點擔心兩旁的鄰居，不過他們都像往常一樣剛好……不對，大概是出門參拜了吧，兩戶人家都沒有燈光。

「話說回來，終於結束了呢。」

「嗯，彼此彼此啦。」

英梨梨感慨萬千地伴隨著白色氣息，吐出這句話後，我心裡也深刻地湧上實際的感觸。

「不過，你們那款作品得到的評價似乎有褒有貶耶。」

「那也是彼此彼此吧，差別只在規模。」

沒錯，《寰域編年紀ＸⅢ》和《不起眼女主角培育法》都超脫了我們這些創作者的「妄想」，讓玩家認知其存在，像這樣昇華成受人讚賞及批判的「作品」了……

「這麼說來，昨天馬爾茲的前川總監有跟我聯絡喔。」

「唔哇，我不想記起那個名字……他跟妳說了什麼？」

「他說要出Fan disc或續作都可以，請務必再次合作……聽說霞詩子也有接到聯絡喔。」

「唔哇，還見風轉舵得這麼徹底……」

明明在母片比預期晚了許多完成的時候，那個人講話處處都流露出「誰會再奉陪妳們！」的調調。

人就是好了傷疤忘了痛……應該說「結果好，一切就覺得有了回報」這句話真心不假……

「看來馬爾茲終於也體會到……我和霞詩子壓倒性的才華了呢。」

「不是馬爾茲，而是整個社會吧？」

「嗯，也可以那麼說吧。」

「可是……我也一樣喔。」

因為那只要考慮到我目前的心境就非常明白。

以往那一年……不，一年九個月能努力過來，真的真的太好了。

「話先說在前頭，英梨梨……我們根本就沒有輸喔。」

「可是我聽惠說，你在開場前就做了敗北宣言耶。」

「即使如此，除了我以外沒有任何人輸給妳們，無論是出海、美智留還是惠。至於伊織……妳想，他又沒有中途病倒。」

我的宣言充滿輸不起的味道，旨在表達：「現階段我確實不如霞詩子……可是，『blessing software』可沒有輸給妳們。」……

英梨梨沒有對此嗤之以鼻，即使如此，她仍帶著苦笑吐出了白色氣息。

「我呢，很怕波島出海。」

「去年妳也講過類似的話呢。」

「為什麼那個女生可以平平穩穩地一再突破呢……」

在上個月底，最後一次舉行集宿趕工時……

出海趕在集宿結束前……還早了五個小時，在週日傍晚就將她擅自定下的標準「出海七圖」確實完成了。

「我趕工的時候明明把自己逼得那麼緊……卻還是沒有趕完。」

「那是因為妳都沒有尋求別人協助吧。」

當時，在那須高原完成的「英梨梨七圖」……離原本母片送廠的期限超過了多久來著？

「我還以為非要那樣才能進步。我原本相信，非要有捨才會有得。」

而英梨梨捨棄的……是普通的高中生活、「blessing software」還有……

「可是，她明明什麼也沒有改變，卻唯獨才華不斷成長。

無論我再怎麼甩開她，她還是會黏上來。

……明明我進步的速度應該沒有那麼容易就能跟上。」

「太好啦，英梨梨。身邊就有這麼厲害的勁敵。」

「哪裡好啊。煩人也要有限度。」

然而就算那樣，英梨梨仍然獲得了許多東西。

一直跟在背後的最佳勁敵。

一直伴於身邊的最佳盟友。

還有，即使一度決裂，還是能一起努力，也願意努力重修舊好的最佳密友……

「……嗳，英梨梨。」

「嗯？」

在兩人話語停下來的時候，我毅然決然地開口：

「對不起。」

「即使你這麼說，能想到的事太多，我不曉得你是在為哪件事道歉喔。是徹底輸給《寰域編年紀XⅢ》？在上個月集宿時勉強我？在社團時期老是勉強我？還是說，你根本是想為把我拖進社團而道歉？」

「……全都不對，再說我一點也不覺得那些事有錯。」

「那你的自私還老樣子，令人不爽呢。」

英梨梨的那種反應大概（即使含有一點認真的成分）只是想稍微支開話題。

「我想談的不是這幾年的事。」

「…………」

看吧，所以當我保持認真的態度，她就尷尬地沉默了。

「對不起，英梨梨……十年前，我沒能成為妳的勁敵。」

「唔……」

可是，我不閉上嘴。

『我在想，將來也要整理好心情，向英梨梨說清楚才行……』

『將來，是什麼時候？』

『這、這個嘛……呃，我想，在今年內吧？』

畢竟，冬COMI結束了。

換句話說，我們的靈魂之作問世了。

還有，年末商戰也過去了。

英梨梨和詩羽學姊的靈魂之作果真轟動了業界。

「我嫉妒越來越進步的妳……後來就放棄跟進了，對不起。」

「倫也……」

……所以說，要表露一切，現在正是時候。

「對不起，英梨梨……十年前，我無法成為妳的盟友。我堅持要當御宅族，把自尊看得比妳的心情還重，對不起。」

「別說了……」

「對不起，英梨梨……十年前，我無法成為妳的密友。我把我們的分道揚鑣都當成妳的錯，還離妳而去，對不起。」

「叫你別說了。」

雖然這是預料中的事……但我一道歉，英梨梨就回以有些悲傷的反應。

「事到如今，你為什麼要說那些……」

「對不起。」

「你為什麼……要向我道歉？」

她的聲音比一年前的夏天——我在小學的校庭賭氣而不肯道歉時，還要悲痛。

「當時的我不懂得別人的心情，不會體恤朋友，既幼稚又醜陋，是個負面的御宅族……」

不，即使是現在，我也曉得自己還是有滿多那樣的毛病。

「我也是。明知道別人的心情，卻還是對自己偏心，既幼稚又卑鄙，是個負面的女孩。」

嗯……即使到了現在，我們都沒什麼改變。

「就算那樣，只要我努力就好了……只要我肯努力，將事情帶往正面的方向就好了。」

當我決定要對英梨梨表達心意後，我就一直在思考當時的事。

而且我越思考，越會得到一個無可奈何的結論。

當時，不管英梨梨怎麼講，不管她有多逞強，照理說，我都可以憑自己的能力設法解決問題才對……

只要我不顧一切地說服英梨梨，比以往稍微低調點，但仍保持和以往一樣的關係。

對班上那些人則花時間妥協……或者，花時間讓問題淡化。

有耐心地像那樣付出努力，就能一直跟英梨梨保持融洽……

我們應該就不會決裂，我能把她當最好的伙伴、最寶貴的朋友，而且……始終把她當成最喜歡的女生才對。

「所以，我還是要說，對不起……」

我選錯了路，那是過去的事，往日的事。

已經過了十年之久，我應該怎麼做，應該怎麼選擇……像美少女遊戲的主角一樣。

畢竟你想，不是有在第一部的孩童時代做完選擇，就會決定女主角是誰的遊戲嗎？

不是有某個美少女遊戲（ne○ne○soft）品牌常用那種特殊條件，來管理劇情路線嗎……

「……我才不要陪你，談這種自我滿足的話題。」

「也對……」

一邊流淚一邊道歉的我，帶著莫名爽朗的表情，讓情緒昇華了。

而聽我道歉的英梨梨則是連哭都不能哭，始終一副有苦難言的表情。

「謝謝妳就算那樣，也還是願意……和我做回朋友……」

所以，我要將如此卑鄙的自己，貫徹到最後。

「謝謝妳進步這麼多卻願意加入……像我這種人的社團。」

我藏起不知道累積了多久的後悔，表現得像是當下的決定是正確的一樣。

「謝謝妳，英梨梨……」

「你煩死了。」

……不，或許真正卑鄙的是即使如此，我仍相信自己現在的選擇，是對的。

「接下來，妳有什麼打算……？」

就這樣，儘管我硬是提起往事，設法使其昇華後……

剩下要談的就是現在、即將來臨的明年及未來的事情。

《寰域編年紀XⅢ》一如預期……不，獲得了超乎期待的成功。

柏木英理的名號終於轟動了遊戲業界……不，插畫界。

那可不像過去在牆際社團當人氣同人作家那麼容易。

即使在職業繪師之中，八成也會……不，肯定能歸類於一流的行列，足以受到繪師百人展、新作版畫展青睞……

「總之，年初有敲定一件輕小說的插畫工作了……雖然我不太想接啦～」

「這樣啊……」

「還有，看來馬爾茲短期內不會放我走，寰域編年紀的相關工作好像也要繼續一陣子。」

「我想也是。」

「之後的話……嗯，我想做各式各樣的事情。有趣的工作、可以長期持續的工作、可以打響名號的工作、可以賺大錢的工作……」

「好像講到一半就變得很勢利耶。」

「就是要勢利才算行家啊。」

「……是啊，說得對。」

沒錯，她選擇的路一點也不容易。

正因為如此在路途中，跟我們這種同人社團已經難有交集……

「妳要……加油喔……」

英梨梨比我努力一百倍以上，像這樣替她打氣實在太狂妄。

即使如此，她走的路大概會比我艱難許多，就算對她這麼說，我想大概也不會遭天譴。

「嗯，我是會加油……但是，我會比以往更樂在其中喔。」

「妳不是說，要見識到地獄才能成長？」

「往後我當然還是會見識到地獄啊……不過，我會樂在其中給你看。」

即使如此，英梨梨仍像往常一樣自信十足，帶著比平常更爽快的笑容，撇開我的狂妄。

「那是啥意思啊？」

「因為對我來說，畫圖這件事……已經不是為了報復，也不是為了還以顏色。」

「啊……」

「所以，往後我要跟畫圖好好相處才行呢……要真心喜歡自己筆下的女生才可以……」

「這樣啊……」

她那些話是什麼意思，我實在……

不，我不會再裝成不了解了。我心知肚明。

這次，英梨梨做了選擇，要毫不猶豫地往前進。

她會打從心裡要求自己成為最棒的繪師，認真追尋那個夢想。

而且，那就表示……英梨梨不會再停下來等我。

假如想追上她，我就要比她更快、更猛地往前進才行。

「倫也，那你呢？以後，你還要繼續帶社團嗎？」

「……活動才剛結束，又快畢業了，我實在還無法思考之後的所有事情啦。不過——」

「不過？」

「我馬上就會起跑——朝著和妳一樣的方向。」

「是嗎……」

所以，我也不能停下腳步。

社團、進軍商業、升學……無論走哪條路，無論選了幾條路，我前進的方向都只有一個。

那就是朝英梨梨和詩羽學姊……以及眾多偉大創作者的背影追上去。

「所以妳等著吧，我很快……雖然實在不可能立刻趕上，但遲早一定會……」

「跟惠一起嗎？」

「…………咦？啊、啊、啊……啊啊啊啊啊！」

由於我沉浸在那方面（創作）的感傷。

英梨梨突然轉舵，對這方面（戀愛）提出疑問，使我瞬間語塞。

說到底，今天會像這樣找時間跟英梨梨獨處，最大的目的明明就是這個。

要是不說清楚，我明明肯定會在各方面被烙上低能差勁又有違倫理的印記。

「英、英梨梨……關、關關關關關於那一點！其、其實我，那個！」

「好了，你不用講。」

「可、可是！」

「因為我非常明白。」

「咦～……」

但是，英梨梨彷彿完全看透了我的慌張……

她不聽我的驚人表白，雲淡風輕地把話題帶過了。

那種淡定的程度，簡直像某人一樣。

搶走我身為主角的表現機會。

保護我身為御宅族的軟弱。

「變冷了，我要回屋裡嘍。」

「啊……」

英梨梨趁我像這樣講不出話的空檔轉身，彷彿表示話就說到這裡。

明明一直都很冷，她卻像剛才終於想起來一樣，打了個哆嗦。

「啊，對了……新年快樂，倫也。」

「呃、嗯……今年，也請妳多指教了……」

雖然離過年還有將近兩個小時……

即使如此，我們仍搶先了一點點向彼此賀新年。

……然而，英梨梨對我的「今年也請多指教」沒有做任何回應。

始終沒有回應的她，準備回屋裡。

那肯定，是故意的。

畢竟，我們在「今年」肯定已經沒什麼好指教的了。

因為我們開始用不同的速度，走在同一條路上。

「……唔。」

可是，儘管我接受了那個事實……

即使如此，我果然還是不希望就這麼結束。

或許，那是我的自傲。不，肯定是自傲。

不過，我還有話要對英梨梨說。

我要對已經分隔兩處的英梨梨說。

我還有，非講不可的話……

「我問你喔，倫也！」

「咦……」

由於我連那點事也猶豫不決的關係……

「你……有喜歡過我嗎～？」

結果，就連那最後的勇氣。

都被忽然回頭的英梨梨，用使壞似的笑容奪走了。

「十年前，你喜歡過我嗎～？」

而軟弱的我又受到保護。

「……誰、誰曉得。」

我不再正確地說出那句話。

所以這句話只是將我腦裡浮現的文字，原模原樣地呈現出來而已。

「誰曉得、誰曉得、誰曉得啊啊啊～！」

那句吶喊甚至已經不成聲了。

所以這句吶喊，只是將我心裡感受到的想法，原模原樣地記下來而已。

「啊哈哈，看你那張臉就懂了。」

英梨梨看了我完全崩潰的臉，看了我撲簌簌掉下的眼淚，再次灑脫地笑了。

「倫也你啊，還是一樣頑固呢……」

伴隨著那樣的笑容，英梨梨這才消失在門的另一邊。

她始終沒有顯露真正的情感……不，或許那就是她真正的情感。

然而，她沒有讓我得知正確答案，就此消失。

「啊、啊、啊啊……」

看到她的那張笑容，方才理應昇華完畢的後悔越漸猛烈地壓上心頭。

我的答覆、這個決定，肯定是對的。

拖到現在，已經不該老實說出來。

「當時，我的心裡，只有妳而已」——不該說出這種話。

畢竟，事到如今就算說那些也無濟於事了。

因為會對活在當下的人們、朝著前方的人們造成一絲傷害。

即使如此，即使如此，即使如此我……

難過的情緒及溢出的眼淚，好一陣子都止不住。

第五章　這是這個人第幾次道別了啊……

「倫理同學。」

「啊……」

英梨梨回屋裡後，過了約十分鐘……

我一直抱著雙腿坐在門前好一會兒，這次換成另一道婉轉溫柔的聲音對我的背影搭話。

那道嗓音的主人是……呃，從開頭的稱呼（倫理同學）就一清二楚，是詩羽學姊。

「你在哭什麼？」

「我才沒哭。」

詩羽學姊來到身旁，跟我一樣坐下來後，從更低的角度窺探我埋在雙腿間的臉。

當然，目前臉無法見人的我拚命轉向跟她相反的方向。

「你就像小學生呢……」

「才不是。」

不過，正因為我做出那樣的舉動，才如實透露了自己目前的表情。

「你肯不肯告訴大姊姊，發生了什麼事？」

「不肯。」

「明明你看起來那麼難過？明明講出來會比較輕鬆？」

「因為這是不能找詩羽學姊討論的事情。」

可是，即使一切都被她看穿了，即使她絕對會溫柔地安慰我，即使我一定能得到救贖……

即使如此，她也不是局外者。

因為這與我獲得救贖，是龐大的等價交換。

……至少在此刻，我就是敢如此篤定。

「……你跟澤村道別了吧？」

「我不是說過不會找學姊討論嗎……」

然而，以往我早就深切體認到，學姊並不是用我那種笨拙的理論就能駁倒的單純之人。

「為時已晚嘍。畢竟，我對這件事介入滿深的。」

而且單就這次來說，事情看起來肯定更不單純。

換句話說，是這麼回事……

英梨梨之所以會笑。

之所以在各方面有所領悟。

之所以在最後能戲弄我一番。

仔細想想，那不就是這個人……

如今最接近英梨梨，願意支持她、推她一把的這個人的拿手好戲嗎……

「噯，詩羽學姊。」

「嗯？」

既然這樣，我現在該向詩羽學姐說什麼呢？

對於肯救英梨梨，往後將與她搭檔的人。

對於肯為我指路，值得信賴的學妹。

對於在容貌與心志方面，都具備完美魅力的女性。

我身為對英梨梨照顧不周，以其將來相託的青梅竹馬。

身為過去一直都在依賴，卻不能再繼續依賴的學弟。

身為過去一直崇拜她……可是，不能再輕易地把那種想法說出口的男人。

那樣的我，若要向那樣的她搭話，究竟有什麼選項……

一．我是不是軟腳蝦？是不是不中用呢？

二．人與人之間的關係真難解呢。

三．學姊，假如說我交到了女朋友……

一．我是不是軟腳蝦？是不是不中用呢？

『是啊，沒有錯。』

『……我希望學姊起碼能否定一下。』

『哪裡有供我否定的要素呢？沒有什麼大不了的理由，卻不敢回應對自己有好感的女生，或是你自己先主動靠近，但換對方接近你就裹足不前，我根本就不懂你為何會被女生喜歡。臉嗎？是因為臉嗎？』

『啊啊啊別說了別說了別說了！』

二．人與人之間的關係真難解呢。

『為什麼要問我這些呢？對於世界上最討厭與人相處的我……』

『學姊不必這麼嫌棄自己吧！』

三.學姊，假如說我交到了女朋友……

『去死。』

『』

「…………」

雖然我在思考前就曉得了……

現在的我，已經想不出能讓她提升好感度的選項。

而且，即使想得出來，也不能選。

「…………」

當我像這樣猶豫時，詩羽學姊仍待在我身旁，跟我一樣坐著，卻沒有做出像以往一樣把身體貼過來，或朝我呼氣等讓人分不出是戲弄，還是誘惑的舉動。

那表示，她肯定對我目前的猶豫十分理解，而且對如此沒用的我既不嘲笑也不生氣，還肯溫柔地面對我。

「嗳，詩羽學姊。」

「嗯？」

於是，我們又將大約十秒前的相同對話重複了一遍。

這次我一定要選擇由自己創造的，唯一選項。

「我有事情要先向學姊報告。」

「……我知道，所以你不用說了。」

「就算那樣……」

我想，學姊八成……應該說，她絕對早就察覺了。

沒錯，就算那樣，這仍是我該親口——當事者該親口告訴她的事情……

「再說，我已經聽女方說了一大堆秀恩愛的故事，也被找過碴了，她還囑咐我，要我以後別再接近你。」

「對不起，雖然我不曉得學姊說的有多少是事實，但如果有包含真實成分在裡面，我向學姊賠罪，非常抱歉！」

然而，她果然和英梨梨一樣袒護著我的軟弱，想讓我繼續當軟腳蝦主角，沉浸於溫情中。

「詩羽學姊，就算那樣，我還是非得對妳說。」

「因為……我是你的初體驗對象？」

「對啦！學姊說得沒錯！」

「唔……」

學姊硬要用那種方式打哈哈，不讓我繼續說下去，不知道是出於溫柔還是壞心。

還是說，她真的不想聽我接下來要講的話……還是以上皆是呢？

「我跟惠開始交往了……從上個月起。」

但是，不管怎樣，唯獨在詩羽學姊面前……

我還是得展現身為軟腳蝦主角的自尊才可以。

因為學姊是第一個，把我當男人對待……

還直接（用親吻）對我表示好感的第一位女性。

「……我扮演的角色，真的很吃虧呢。」

「對不起。」

聽到我一生只有一次，既傲慢又自私且自以為是到極點的表白……

「因為比你年長，因為要讓自己表現得從容，就談了段有點愚蠢的戀愛……甚至被迫幫了不

想幫的忙，聽了不想聽的話，看了不想看見的結局。」

這次，詩羽學姊毫不留情地對我講出了心底話。

「……我不說會比較好嗎？」

「我本來希望你能永遠瞞著我。」

雖然現在後悔也沒用了……

即使如此，詩羽學姊的反應正如預期……不，比預期的更大，果然還是讓我感到難受。

「不過，既然是伙伴，要避免隱瞞比較好啊……」

「那是加藤……贏家持有的論調喔。」

即使如此，說不定……不，機率相當可觀。

或許這件事對她來說，是比我更加難受的事。

抬頭望去，在空氣清澈的冬季夜空中有為數可觀的星星閃爍著。

儘管夜空的宏大讓我相形見慚地省思，自己煩惱的事情有多渺小……

但是對自己的情念，對她的情念，我就是無法看得那麼開。

「總覺得……我竟然會煩惱這種問題，真是太離譜了。」

「確實很離譜呢，你這個臭宅男。」

「那麼，學姊要多把我當成臭宅男看待啊……」

「有什麼辦法呢，誰教我是臭宅女。」

她懷著的情念果然也不容許別人就這樣看開，而且比我想的更直接，更不留情。

學姊將過去我否定為「太離譜」，在煩惱前就放棄思考的問題擺在我眼前，並告訴我：「根本就不離譜。」

「就算那樣，我還是不想隱瞞……學姊，我交到女朋友了。」

不過，那肯定是學姊為我打氣的方式。

「我就是個臭宅男，雖然對方還沒有完全變宅，即使如此，我們還是開始交往了。」

我一向、永遠都是請這位迷人的學姊從後面推我一把。

「我先說清楚，你啊，被加藤看扁了喔。」

「是那樣嗎？」

「畢竟她並不覺得你特別。她既不把你當成遠離社會常識的御宅族，也不認為你是志在登頂的實習創作者，只覺得你是個普通的男生。」

「……是嗎？」

「不過，正因為她看扁你，才會喜歡上你就是了。」

「那樣的話，該怎麼置評好呢……」

我不太清楚那荒謬的結論是出自於惠，還是出自詩羽學姊？是開開玩笑，還是正經話？

但唯一能說的就是……「真讓人難以置評耶。」——僅此而已。

「唉，總之我懂了。『所以我們之間的事就當作沒發生吧』——這就是你的意思吧？」

「不，關於那個……隨學姊高興沒關係，但我永遠不會忘的。」

「……真氣人，甩了女生還說這種話。」

「對不起……」

詩羽學姊堅持拿我的話打哈哈，設法迴避感傷的氣氛。

「就算那樣，我今後仍然是霞詩子和霞之丘詩羽的粉絲。」

「粉絲嗎……」

但是，我不會去面對她那令人痛心的溫柔。

在我的腦海中，已經不會再出現能讓她提升好感度的選項了。

「……學姊會原諒我的，對不對？」

不過，不管好感度跌得再低，再怎麼惹她傷心，再怎麼惹她怨恨……

「那表示你會持續不斷地支持我的作品嗎？」

「當然！……只不過，得要那部作品是傑作喔。」

我一向、永遠都會用真心面對霞詩子的作品。

「往後，我大概也會繼續追霞詩子和霞詩子的作品。

不過，那不代表我對霞詩子的作品全盤肯定。

我一向、永遠都會把霞詩子的最新作品當成『唯一』對手。

假如我覺得那是部失敗的作品……

我不會擁護說：『畢竟過去全是名作，偶爾失常也是難免。』，

也不會鄙棄說：『霞詩子已經玩完了。』，

像是『以霞詩子的偏好而言』或者『這不合霞詩子的作風』等等，

這種半桶水行家才會講的話，我更不會拿來賣弄。

我只會用那部作品對我來說有不有趣作判斷。

對以往作品放的感情或對作家本人的想法，

既不會替評價加分，也不會扣分。

要我用哄抬前作的方式，對新作過度打壓也不可能。

要我用比前作好當理由，對新作過度捧抬，

當然也不可能。」

「那麼，萬一那部最新的作品無聊到無藥可救呢？」

「我會默默期待下一部。」

「即使如此，要是下一部、下下一部都很無聊呢？」

「我會一聲不吭地消失。我才不想從霞粉變成麻煩的霞黑。有那種多餘的精力，不如用來面對更有趣的作品和作家。」

「……謝謝你這段寶貴又十分恐怖的宣言。」

詩羽學姊發出難以分辨是傻眼還是苦笑的嘆息。

對我回敬難以分辨是死心還是詛咒的感謝之語。

「那麼，我以後也會繼續努力……我會努力，以免被你遺棄。而且，我會竭盡死力，讓TAKI永遠為我發表書評。」

「別針對我，請妳面對所有的讀者啦，霞老師。」

「不，只要你是說出剛才那些話的你，就不會有問題……」

詩羽學姊用手摸了摸我的頭。

那比她至今摸我的臉或朝我呼氣的舉動還格外成熟。

「只要你維持那樣的立場，你的評價就會與外界相通。經你認同的事物，在外界也會獲得肯定。」

「希望是那樣啦……」

「當然，你還是得努力喔。要時時接觸新作品，勤於培養眼光，追求真正有趣的作品直到永遠喔。可別忘記初衷，成天雞蛋裡挑骨頭，要保有一顆能純粹享受圖畫，享受故事的心喔。」

「……謝謝學姊這段讓人欣慰又十分恐怖的鼓勵。」

而且也格外認真且有力。

「總之，期待我下一部作品吧，我絕對會讓你讀得滿地打滾。」

「嗯，我會非常期待。」

伴隨如此強而有力的親密舉動，詩羽學姊用自信十足，外加有點壞心眼的笑容回應我。

「那麼，接下來……」

詩羽學姊從我頭上收回手以後，緩緩地站起身。

還像之前的「她」一樣，轉身背對我。

「我再給你一次哭的機會喔。」

「就說我沒哭啦！」

我毫不客氣地，接受詩羽學姊令人感激的體貼，依舊坐在玄關，頭也不回地目送她。
「新年快樂。明年……彼此也要加油喔。」
「嗯……英梨梨就麻煩學姊了。」
「雖然我要跟上她才比較累……不過，總會有辦法的。」
今年還沒過，然而，詩羽學姊在最後，果然也以賀年的問候確實收尾。
不過，在我們之間還是沒有「今年也請多指教」這句話……

「我問你喔，倫理同學……你……有喜歡過我嗎……？」
「～～唔！」

當我正準備再次沉浸於寂寞的那一刻……
詩羽學姊在最後，對我來了個最惡質的惡作劇。
「呵呵，開玩笑的……我不會像澤村一樣，做出如此不乾脆的舉動。」
「等、等一下，詩羽學……啊……」
她對方寸大亂的我，露出灑脫的自信笑容……

「因為，我可是曉得的。
你肯定喜歡過我。
那跟霞詩子及《戀愛節拍器》都沒有關係。
畢竟，無論哪邊都是我。
所以說，你曾經喜歡過我。
不，即使是現在，你仍喜歡著我。
……當然，這會持續到永遠。」

而且，她依舊灑脫地宣布贏家之名。

「所以，安藝倫也同學……
往後，你也要一直追著我。
作為對偉大作家崇拜不已的粉絲。
同時，也作為有意趕上那一名作家的，對手。」

「……嗯。」

「……那麼，掰掰嘍。」

詩羽學姊直到最後一刻都笑著。

她完全不打算抹去從眼皮底下滿溢出來的淚滴，自信滿滿地笑著。

她搶走了我的眼淚，還露出得逞的表情。

第六章 Girls side 3.5

註：只有這一章並非從倫也的觀點，而是用第三者的觀點來敘述。

紅白歌合戰也將近結束（雖然都沒有人在看），大約再過一小時，年關終於就要來到。

「……嗳、嗳，英梨梨。」

「怎樣，惠？」

惠和英梨梨兩人正面面對彼此，始終默不作聲，過著莫名尷尬的時光。

「洗、洗澡水溫度怎樣？會不會燙，英梨梨？」

「不會，剛剛好。」

「是、是喔……」

……相較於氣氛，她們待在同一個浴缸裡，關係必須親近到讓人吐槽：「一起待在那裡是有多要好啊？」才會共處的地方。

英梨梨從倫也房間和客廳消失了一段時間，當她回屋裡時，惠早就等在玄關，還用了「英、英梨梨，我正想去找妳耶～」這種分不出是事實還捏造的微妙說詞，迎接好友的歸來。

而似乎有話想說的兩人望著彼此一陣子後，從浴室出來的美智留開口催促：「浴室沒人喔，妳們其中一個先進去洗吧～」……

儘管兩人相讓了好一會兒，但是到最後，英梨梨帶著心意已決的表情說：「那麼，要不要一起洗？」並領著惠進浴室。

「這、這麼說來，我們上次一起洗澡，已經是半年前[GS2第九・五話]泡溫泉的時候了耶。」

「喔～在那裡即使有兩個人也能把腿伸直，這裡就不行了呢～」

英梨梨說完後，稍微挪動了自己和惠相觸的腳尖，然後讓兩邊的大拇指互蹭。

「不、不過即使如此，能像這樣容納兩個人，也已經夠寬廣了啦。」

但惠似乎還無法像英梨梨那麼放鬆，用力彎起大拇指指尖，蜷縮起身體。

「是啊是啊，我小時候還在這裡游泳過呢～」

「英梨梨，妳是跟倫也一起洗的嗎？」

「什……惠，那、那妳呢！」

「……我是問小時候啦，才不是現在，再說我怎麼可能會那麼做。」

……即使如此，隨著立刻失焦的對話，惠也無力地放鬆緊繃的整條腿。

「……噯，英梨梨。」

「嗯～？」

於是，惠稍微放鬆後，一邊泡在洗澡水裡一邊仰望天花板仰望……

「英梨梨，我啊，是喜歡妳的喔。」

「怎、怎麼忽然提這個？」

「……即使如此，英梨梨，要是妳說不能原諒我，我也會接受。」

「啊……」

不久後，惠一點一點，卻確實地逼近核心。

「英梨梨，我發到了妳的目標……這一點，我姑且有所自覺。」

「…………」

『……我啊，要當上世界第一厲害，外加世界第一幸福的插畫家。』

那是半年前，她們一起去旅行，同樣像這樣一起入浴時，英梨梨立下的誓言。

不捨棄一切，一切都想要的英梨梨立下了既貪心，又認真的誓言。

「我原本是想為妳加油的……不知不覺中，那個、卻好像變成在跟妳……互相競爭。」

「妳在說什麼啊，惠……妳不是從一開始就在跟我競爭嗎？」

『英梨梨，既然妳要成為世界第一幸福的插畫家，
那我要成為世界上最幸福的第一女主角給妳看。』

還有，這也是半年前，她們一起去旅行時，回程中，惠在新幹線立下的誓言。

即使失去許多東西，仍想將那些拿回來的惠立下了既狡猾，又不死心的誓言。

然而……

「……原來妳有聽見？」

那應該是惠在英梨梨睡著時，擅自立下的誓言。

「妳根本從那時就有競爭的意思了不是嗎？妳早就滿心想著要跟倫也在一起了不是嗎？」

「那、那個，那時候是因為……我只有大約一半的意願，應該說，與其害妳難過，我覺得放棄也沒有關係……」

「也就是說，妳現在絕對沒有讓步的意思了。還有，就算我難過也不管了。」

「沒、沒有到那種地步啦……啊～呃，雖然以結果來說是變成那樣了，可是……哇噗！」

「呵呵……」

英梨梨套出了那種機密情資，嚴厲地向惠追究……

然而，她卻帶著笑容用手擠出水柱射擊失去本色，手足無措地陷入困惑的惠。

「惠，那不是、妳的錯喔！」

「等、等一下，英梨梨……」

英梨梨接二連三地將熱水潑在惠的臉上，一面用和擠水柱相同的節奏，像是在告訴某人似的，將隻字片語串成一句話。

「妳跟倫也、會變成一對、才不是妳造成的。」

「可、可是……那就是我造成的啊……！」

惠一面用雙手防禦英梨梨的攻擊，一面在水底下微妙地反攻。

她用右腳尖在接近水面處打水，將水花濺起來。

「我跟倫也、不能在一起、才不是妳害的……！」

英梨梨也不服輸地拋開遠程道具，改用近身戰。

她將兩人的距離縮減為零，湊近彼此濕答答的臉，將額頭貼在一起。

「惠，那是我、和倫也造成的，所以、與妳無關。」

英梨梨就這樣玩起百合……不，就這樣保持輕鬆的距離感，卻倔強地……不，卻用蘊藏堅強意志的眼睛凝視對方。

「英梨梨，妳的意思是……無論我怎麼做、有什麼樣的心情轉變，當初只要妳能振作，我跟倫也就不會變成一對了嗎？」

反觀惠也在極近的距離下，確實地承受那股毅然投注而來的視線。

從濕潤髮絲的縫隙間窺探的雙眼察覺到英梨梨的心情，微微地閃爍著……

「妳覺得、妳覺得……真的是那樣嗎？」

即使如此，到了最後那條底線，無法讓步的好強總是會露臉。

「至少讓步一下嘛！妳無論如何都想當成是自己害的嗎？」

「可是英梨梨，照妳的說法，我跟倫也的發展好像都操之於妳，感覺怪怪的……」

「讓我嘴硬一下嘛！惠，妳真的很倔耶！」

「才沒有，我很淡定喔，我才不執著呢。」

「說到底，妳想不想被原諒？還是妳堅決不想被原諒！」

「唔～要算哪一邊呢？」

「噯，把話講清楚啦啊啊啊～！」

「哇噗！」

惠不願在最後關頭屈服，像柳枝一樣有韌性……

英梨梨就抱著她，一起沉到了浴缸裡。

「……我問妳喔，惠。」

「……嗯～？」

接著又過了幾分鐘。

「妳能不能發誓，以後都會跟倫也在一起？」

「嗯～不好說耶。」

「什麼話啊……妳對他不是認真的嗎？」

「說到底，倫也這樣的男生值得讓我們兩個鬧得這麼誇張嗎？」

「要談那個就沒戲唱了吧……」

在浴缸裡大鬧的反動讓兩個人都被水嗆到，無力地趴在浴缸邊。

即使如此，她們仍有意無意地在賭氣。

「妳像這樣把倫也說得沒什麼了不起，又想強調他是妳選的，還絕對不讓給其他人，惠，妳到底想怎樣啊？」

「嗯～該怎麼說呢……我本身的心意和之前經歷過的事情合不攏耶……」

「是不是類似『我、我怎麼喜歡上那種渾球了呢……！』的感覺？」

「唔哇～冷靜一聽，那種傲嬌的台詞果然很瞎耶。」

「妳現在對倫也的心意才瞎吧。」

「……果然很瞎呢。」

「瞎到讓人全身發癢喔。」

「唉，要比瞎的話，妳也不輸給我，所以我不會覺得害臊。」

「囉嗦。」

可是，在她們像那樣賭氣、充門面、虛張聲勢的過程中……

洗澡水的溫度沁入身體，彼此的想法也逐漸沁入內心。

「嗳，英梨梨……」

「幹嘛？」

「我之前也曾說過對不對？心意會因為一點點的契機出現變化。」

「……意思是說，雖然妳突然動情了，也會突然間清醒嗎？」

「才不是突然動情，我有好好花時間培養喔，不要講得好像盲目的誤解。」

「啊～好好好，繼續說繼續說。」

「嗯……妳等我一下。」

惠說完後，為了抹拭之前的氣氛，仰頭閉起眼睛一會兒……

接著，她用第一女主角的表情望向英梨梨。

「可是，假如……我有成功變成第一女主角……

有變成對主角始終專一，又讓人疼惜的第一女主角……

我是不是……就能永遠永遠地喜歡著主角呢？

無論是在結局之後，還有尾聲之後，都一樣。」

「那麼……意思是，端看主角怎麼對待妳嗎？」

「……是嗎？」

「只要那傢伙想要妳繼續當第一女主角，妳的心意就不會改變，是這樣嗎？」

「……如果我的想法就是那樣，果然很瞎呢。」

「瞎到可以指著妳笑呢。」

「不過……我不覺得害臊。」

「哼……」

最後，英梨梨瞪著惠哼了一聲，然後獨自把臉泡進浴缸裡。

因此惠又面向上方閉起眼睛，以免讓自己去想像目前在浴缸裡的英梨梨是什麼表情。

第七章　**女主角**變得比想像中還要**貪心**耶

「你還在啊……」

「唔哇……」

從詩羽學姊回屋裡後，呃～大約過了三十分鐘。

儘管我好幾次下定決心「差不多該回房間了」，卻還是像這樣，沒來由地，對於回到那些人所在的場所，反覆猶豫了一遍又一遍。

結果，在我自然地回到那個圈子裡之前，我不自然的舉動與態度就遭到最不希望遇見的人盤問了。

「噯，妳剛洗完澡吧？跑來這裡會感冒的。」

被街燈照耀的惠在連帽衣外披了大衣，赤腳穿著涼鞋，頭髮更是飽含水分而閃閃發亮，打扮得一點都不暖，一副會在瞬間著涼的模樣。

「你才是呢，倫也，你已經待在這裡一小時以上了吧？會感冒喔。」

「……為什麼妳連我待在這裡多久都曉得？」

「啊～你想嘛，那是因為……算了。」

可是，她卻搬出和我半斤八兩的模糊說詞，來到我旁邊像我一樣仰望天空。

「就說了，妳不回屋裡會……」

「只要像這樣，就不會冷嘍……」

然後慢慢地，把身體直接交給我……

「我是不會那麼做的喔。畢竟遊戲已經出了，劇情也編完了。」

……並沒有，惠依然跟我保持正常的距離站著。

「……叫妳回屋裡就回去嘛！」

假如惠沒有多說一句像在調情的話，我明明不會有任何想像，她卻讓我莫名期待後又故意放生，以女朋友來講對嗎？

「唉，好啦，起碼我的手不冷。」

「喔、嗯……」

不過，她像這樣讓我大失所望後，立刻就用剛洗完澡的溫暖手掌緊緊握住我的手，這又該怎麼說呢……

「話說你的手好冰。說真的，你待在這裡多久了？」

「只要在這裡待一會兒，妳馬上也會變成這樣。」

「唔哇～那我不要。春節期間得感冒臥床就太慘了。」

「所以我才叫妳快點回屋裡。」

「只要你回屋裡，我就會一起回去喔。」

「那……我再待一下下就回去。」

「……那麼，再待一下下，我們就一起回去吧？」

「嗯……」

我們就這樣，一面漫無目的地閒聊……

同時，也實在敵不過冬夜的寒冷，將一根一根手指頭互相交纏，分享著彼此的體溫。

「結束了耶，Comiket。」

「比想像中還順利呢～」

「我們的作品完售了耶。」

「最後有一大筆錢留在盒子裡，稍微嚇到我了呢～」

完售時，惠始終低著頭，不讓任何人看見她感觸萬千的表情，到了現在，她才想將那一刻的回憶淡然帶過。

「但是，真正的輸贏還沒確定。」

「你是指店鋪寄賣？可是已經賣給那麼多人了，我不太能想像會有更好的發展耶～」

「不，不是那麼遠的事。我講的是今天。」

「可是，今天再過……」

「我不是約好，要帶著妳走嗎？」

「啊……」

「我不是約好，要帶妳走到祭典之後嗎？」

沒錯，活動只是順利地、熱熱鬧鬧地結束了而已，不行就這樣沉浸在彷彿達成了一切的成就感中。

又吃又喝地回顧活動中的事情，大家一起歡笑、發牢騷，並且在最後，心中充滿虛無、倦怠與寂寥感的這個瞬間……

「慶功宴玩得很開心吧？」

「……雖然也有點惆悵。」

「所以才痛快啊……」

「嗯……」

老實說，我自己比我跟惠約好的還落寞、惆悵。

畢竟，我們不只登上了這兩年來一直視為目標的巔峰……

我確實且痛切地體認到，在這兩年來有許多發生變化的事情，是真的改變了……

「噯，倫也。」

「幹嘛？」

「接下來，你有什麼打算呢……？」

「這個嘛，我會回屋裡吃跨年蕎麥麵，然後跟大家一起倒數……」

「我講的不是今天喔，是更以後的事。」

「以後……妳是指？」

「關於畢業，關於出路，關於社團……還有，關於你的將來。」

「啊……」

祭典若結束，日常生活就會開始。

不，開始的並非日常生活，而是邁向將來、邁向未來的漫長戰鬥。

為了實現夢想，為了逐漸成長，看不見終點的戰鬥。

「不好意思，倫也，如果你不成為大人物就傷腦筋了耶……」

「是嗎？」

「是啊。」

總覺得，那份期許和惠以往的期許有點不同。

「這、這個嘛，總之，我只能說，我會努力的。」

「光是努力，並不能成為傑出創作者喔。不能變得像英梨梨和霞之丘學姊那樣喔。」

「呃，也是啦……」

應該說，那也讓我覺得，她好像繼承了別人的期許。

「未來還會再合作的，對不對？你會跟今天在這裡的所有人認真舉辦祭典，對不對？」

雖然，我不曉得惠是在今天的哪一個時間點有那樣的想法……

「會啊。」

但是，那些瑣碎的細節不重要。

因為那跟我今天一整天在某個時候就抱持的想法，一模一樣。

「今後也要加油喔。」

「嗯，好……」

而且那是更重要，更令人高興的誓言。

畢竟惠說了「所有人」。

她是說，含自己在內的所有成員。

儘管在我們之中，只有她一個既不是創作者，也沒有志在創作。

即使如此，惠仍把自己算在所有人裡面。

……她仍願意，留在我的旁邊。

「……惠。」

「什麼事？」

「沒有……」

當我不合本色地沉浸於感傷時……

惠用剛才應該徹底否定過的行為，來回應我的那份感傷。

……她把頭，輕輕地，靠上我的頭。

明明遊戲已經出了，明明劇情也編完了。

即使如此，惠依然在當我的第一女主角……

「啊，倫也。」

「嗯？」

「你聽，除夕鐘聲……」

「喔～好老套的情境～」

「正適合用在美少女遊戲的情節呢。」

「不過，現在不是美少女遊戲的情節就是了。」

「那麼，趕快把恩愛戲碼收尾，差不多該回大家身邊了吧？」

「……已經要收尾了嗎？」

「你不想？」

「那、那還用說……！」

關於接下來的三秒鐘之間發生了什麼，請容我將描述調成靜音。

……不是，你想，又不曉得有誰在看。

「好啦，既然符合情節也結束了，這次該回去煮蕎麥麵嘍～」

「惠，妳、妳剛才……！」

「這麼說來，先不提蕎麥麵，我沒有買沾醬耶。不知道有沒有剩七人份？」

「妳切換得太快了吧！讓我再沉浸在餘韻中一下啦！」

「咦～你是指什麼呢？」

嗯，經過東拉西扯，我們奮戰的這一年閉幕了。

還有，我們奮戰的下一年，就要揭幕了。

※　※　※

提起勁打開玄關，踏進客廳後映入我們眼簾的是……

「嗚嗚嗚嗚～倫也～惠～」

「啊啊，你終於……回到我身邊了呢，倫理同學～」

「啊～是ＧＡＹ也學長耶～」

「阿倫～～～來這邊～我們一起玩～」

在客廳的被褥上交纏，完全放浪形骸……不對，完全亂躺的四個女生。

「……這是怎樣？」

「……天曉得。」

我記得在這個家裡還有另一個男生才對，不過他似乎及早察覺危機，到處都不見人影。

「嗚哇啊啊啊啊～我、我……果然、果然還是～」

「還是不行……我不會放你走，你永遠都是屬於我的喔喔喔～」

「啊哈哈哈哈哈，屬於我的，屬於我的～」

「喔～學姊加油～」

再環顧房間一圈，有色彩繽紛的錫箔紙散亂在被褥上。

而桌子上有用那種錫箔紙包裝的，酒瓶造型的甜點。

「這……我記得是英梨梨的爸爸從英國帶回來的伴手禮……」

「呃，意思是又來了嗎？」

那是在改編動畫之際，顧及節目尺度而安排的威○忌巧克力……

「等一下，霞之丘詩羽，妳好詐妳好詐～！倫也是我的，是我的～」

「我告訴妳，男人啊，男人就是會回到自己第一個女人的身邊喔喔喔喔～」

「……是那樣嗎？」

「妳們把我剛才的眼淚還來啦啊啊啊～！」

終章

「嗳，安安，聽說你考大學統統落榜啦？」

「……謝謝妳讓我重新了解到現實，小時。」

年關已過，時間再度前進。

按照這座作品的常態，重要的校內行事全部略過，今天是畢業典禮後的三月下旬。

「哎呀～不出所料的發展呢。應該說，花了那麼多心力帶社團，虧你還有種考大學耶～」

「叡智佳，從一開始就沒有挑戰的人，不應該嘲笑挑戰失敗的人吧？」

地點位於我的主場——秋葉原，這裡是Live house的休息室。

而現在是演唱會開始三十分鐘前，彩排後的放鬆時間。

「不過，今天你先將四月起的重考生生活忘到腦後，好好享受我們的演唱會吧。啊，順帶一提，我考上了。」

「我再也不來聽妳們的演唱會了！」

在我眼前的三個人是為了紀念高中畢業，相隔許久又回來開演唱會的女子樂團「icy tail」眾成員。

「好啦好啦，安安，不然你也跟我們一樣來唸專科學校嘛。現在還在招收新生喔。」

吉他手姬川時乃，暱稱小時……

從四月起，似乎已經敲定要到都內的某間御宅系專科學校就讀，雖然不曉得是正式性質還是忽然興起，她好像會在進行樂團活動的同時以聲優為目標。

「是啊～是啊～再說那裡也有電玩科。假如你要來，我們就在你家附近找房子嘍～」

貝斯手水原叡智佳，暱稱叡智佳……

從四月起，會跟小時讀同一間專科學校，她考上的似乎是電腦科。

另外，據說她們要在都內合租一起住，目前正忙著找房子。

「不過住在安安家附近，美美好像會在他家泡更久……那樣他的女朋友會生氣吧？」

鼓手森丘藍子，暱稱藍子……

從四月起，似乎會一個人到本地的大學就讀，用有點冷漠的眼光看待其他成員的浮誇夢想。

「別那樣……拜託妳們千萬別那樣……」

還有前任經紀人安藝倫也，通稱安安……

從四月起，既非大學生，也不是社會人士……

在去年底結束的冬COMI成就了長達兩年的夢想，過完年以後，才慌慌張張地思考起自己的出

路，卻為時已晚（雖然再合理不過）。隨便報考的大學全盤否定了我臨時抱佛腳的應考法。

而現在，對於明年以後該找什麼出路仍無結論，既沒有上補習班，也沒有改考專科學校，更沒有打工，就這樣甘於高中畢業後的無業處境……

「不過這麼一想，你明明是從豐之崎畢業的卻前途黯然耶，安安。」

「唉，因為他和念後段女高的我們一樣都在玩，根本沒有讀書～」

「我有認真用功，不要把我和妳們算在一起。」

「唉～妳們夠了啦，我從四月起要怎麼辦……」

然後，在看不見未來的我，聽了對未來稍微有點展望的女生們說完高高在上的寶貴金言，因而抱頭縮成一團的時候……

「出路還用問嗎！」

「咦……？」

不只高高在上，而是有如來自天上的神諭一樣強大，又積極正向的聲音朝我拋來。

「你就跟我們一起紅吧，阿倫！」

「喔～……」

……不，或許該形容成樂天、具前瞻性的聲音才對。

「早，美美……」

「妳遲到了兩小時耶……」

「彩排已經結束了喔。」

「沒問題～！妳們都知道我臨陣磨槍有多強吧！」

主唱&吉他手冰堂美智留，通稱美美……從四月起，跟我是一樣的處境。

順便補充一點，她甚至沒有像我這樣垂死掙扎，比我更有氣度。

「阿倫，說回剛才的話題，既然你好不容易有空了，再回來當我們的經紀人不就好了？」

「但妳們現在的經紀人是伊織……」

「所以說，我們要擴展規模！叫波島哥幫我們成立事務所，由他當老闆，阿倫就在現場當經紀人，用這種方式分工！」

「……妳明明跟我一樣無業，為什麼還能那麼積極（樂天）啊？」

在這傢伙的腦袋裡，「icy tail」似乎已經不是獨立音樂界的池中魚了。

「可是可是，那樣或許不錯耶！安安跟波波搭檔就是如虎添翼！」

「而且波波以製作人來說是魔鬼作風，以經紀人來說又超狠的。」

「嗯，波波是攻、安安是受……不是啦，我覺得以體制而言，安安可以負責守成。」

「沒有那種體制啦！還有妳別犯那種討人厭的口誤！」

不過目前的「icy tail」，確實已經爬到了無法對那些願景一笑置之的地位。

即使開單人演唱會也能輕鬆填滿幾百人規模的場地；雖然是獨立製作音樂，ＣＤ卻照樣在店鋪上架，而且大家從高中畢業後，四月起幾乎每週都有安排演唱會……

要直接稱霸秋葉原，還有地下音樂界，再順勢主流出道也不是夢想……應該說，早就有大批粉絲如此期待了。

然而……

「啊～已經這麼晚啦。那我去幫忙物販那邊。」

「等你喔～阿倫♪」

「吵死了！」

即使如此，要我把人生託付給這位散仙（美智留）是嗅得出危險加三級的選擇。

再說，嗯……你想，肯定會有人不准我挑那條出路。

※　※　※

「聽說，你考大學統統落榜了，ＴＡＫＩ小弟？」

「連町田小姐都這樣！」

接著，演唱會隔天。

我被約到位於都內某區不死川町，離不死川書店大樓不遠的家庭餐廳，和不知不覺中混熟的黑套裝成年女性碰面。

「不過ＴＡＫＩ小弟，你也畢業了啊……這樣就無法頂著高中生編輯、高中生遊戲總監這種可以逞逞威風的頭銜，而是淪為區區的兼職編輯或外包總監嘍。」

「……所以說，找我有什麼事？是為了指著徬徨於人生路上，無業又看不見前途的我笑嗎？是這樣嗎？」

不死川書店Fantastic文庫副總編——町田苑子。

「討厭啦，不是那樣……因為朱音（十二集）那件事，我還沒有好好向你答謝。」

順帶一提，儘管非官方公認，據說她目前也被迫幫某間（紅朱企畫）公司做類似老闆祕書的工作……

「你想，你前陣子還在應考，在各方面有著落以前，想約你出來也不方便嘛。」

「那麼，因為我在各方面都有著落（榜）了，妳就覺得可以約出來指著我嘲笑了吧？是這樣吧？」

「我沒有那麼深的惡意啦……但是，這個嘛，因為我有把握，你會考不上大學絕對不是因為幫忙製作《寰域編年紀ＸⅢ》的關係，所以在良心方面也不會受到苛責。」

「對不起，我可不可以現在就回家？」

大約半年前……

秋意已深，即將畢業的高中三年級學生應該要準備最後衝刺的時節。

我在製作自己那款同人遊戲的同時，還經手監製（當助手）家用遊戲廠商馬爾茲的ＲＰＧ大作《寰域編年紀ＸⅢ》。

……呃，不曉得內情的人聽了以後，或許會覺得是瞎到極點的自稱業界人（但這種人在業界很常見）在胡扯，然而每當我回想起實際發生過的事，就會深切體認到自己現在多麼一無所有，眼光也動不動就眺向遠方……嗯，有時候啦。

「好啦，先別管要不要指著你笑，我是真的想為當時那件事答謝喔。另外呢，我也想辦個號稱慶功宴的朱音批鬥大會。」

「……雖然後者非常讓人有興趣，但請容我再恢復一點精神再邀約。」

「……你這麼沮喪啊？」

「……唉，回顧去年的自己，假如那樣還能從今年春天起歌頌大學校園生活，客觀來看還滿讓人不爽的就是了。」

話說，我連自己是怎麼克服段考的都百思不得其解。

「就算那樣，你還是閒得很傷腦筋？」

「嗯，稍微啦……不，我挺閒的……」

畢竟現在淪落到這種要慘不慘的處境，我的腦袋對升學和社團都無法進入認真思考的模式。

「其實呢，ＴＡＫＩ小弟，我帶了值得一聽的好消息，要給將來毫無展望又對身為無業尼特族的現狀於心不安，在父母面前也感到慚愧的你。」

「我只是變成重考生，才不是尼特族，也沒有不安到那種地步啦。」

「但是從四月起還無所事事地遊蕩的話，你就會不安了吧？」

「唉，那還用問……」

假如我能隨口斷言「反正可以去上補習班」，就不會對一無所有的自己感到不安了……

「……你有沒有意願來不死川工作？」

「……咦？」

更不會對町田小姐的那項提議，心動到這種程度了……

「不過當然，一開始會把你當非正職員工，不過既能學到編輯人員的專業，累積幾年成績

以後也有機會轉正職，再說，無論你將來志在業界的任何地方，我想那些經驗都會成為你的資產。」

町田小姐的語氣變得和先前半開玩笑的調調不一樣了。

感覺還算認真，也還算有熱忱，至於提議的內容也還算有編輯人員的風範。

「不過，要是能進不死川，有意從事編輯行業的學生應該有很多……」

「有喔。不過，我只是覺得你在那當中最能派上用場，才知會你的。」

「町田小姐……」

唯一讓我覺得不對勁的是，堂堂不死川的副總編會特地優待只有高中畢業的我這一點。

「其實呢，Fantastic文庫要幫某位大牌作家出新作了。但是上面有提到，要由我以外的編輯來負責那部作品。唉，畢竟我也是副總編，覺得在所難免，但問題在那位作家身上。該怎麼說呢？她完全不和其他編輯親近，是個非常怕生的女孩。所以嘍，我認為能從小詩那邊拿到原稿的大概只有我或TAKI小弟你了……」

「對不起，雖然我對那部新作有興趣，超有興趣的，但是請容我謝絕這項工作～！」

……話雖如此，說真的，我還是希望她別向我提出這種會讓人不得不將之前忍痛做出的決定，又連根推翻掉的提案。

事情談完，結過帳（請店家開收據給不死川書店），離開店裡後，外頭已經籠罩著春天的暖意。

路旁含苞待放的櫻花樹前方，有不死川書店的大樓。

再過去則有不死川大學的正門聳立著。

……順帶一提，我也有報考那裡，但是落榜了。

不對，何止如此……

「唉，所以說，你有意就跟我聯絡吧。」

「町田小姐，我不適合啦，請放過我吧，我說真的。」

總之，現在先不管落榜的事了，町田小姐又有意無意地談回剛才的話題。

雖然感覺她只是因為我比提到重考時還要汗流浹背，而且驚慌失措，拿我當消遣罷了。

「不過呢，希望我們將來能一起工作。好比說，以作家和編輯的立場。」

「妳的意思是……」

「我有玩《不起眼女主角培育法》喔。」

「感、感謝妳……！」

即使如此，從隻字片語間，至少還是可以感受到她對我有所認同，該怎麼說呢……滿難為情的。

「嗯，我有許多感想，不過總結成一句話就是……玩了之後會想讀讀看這位作家寫的校園戀愛喜劇小說呢。」

「……妳說真的嗎？」

「有意的話，你隨時可以帶著構想來找我。雖然我會狠狠修理你，但遲早可以帶你付梓出書喔。」

「町、町田小姐……！」

不，應該說，她對我的認同並不止於「至少」。

能讓具備頂尖眼光，發掘出霞詩子的編輯把話說到這個份上，對我來說形同神諭……

「……不過這年頭呢，或許還是先靠寫遊戲劇本打下足夠的名聲，再挾著名氣在輕小說業界出道比較好。你想，最近從小說家投稿網站或其他媒體轉戰而來的作品，都比新人獎的作品好賣多了～」

「別說了，不要在最後用這種毫無遮攔的感想當結語啦啊啊啊～！」

※ ※ ※

「聽說，你考大學統統落榜了，少年？」

「唉……夠了。」

接著，又隔了一天。

都內某區某處，在某棟大廈包下了整層樓，將辦公室設立於此的紅朱企畫公司。

該公司的社長室……說是社長室，卻凌亂散落著資料與機器等等，感覺實在不像人類居住的環境。而被找來這裡的我，正在與不知不覺中混熟的……呃，緣分不淺且快四十歲的黑長髮女性會面。

「唉，反正上了大學在技術方面也派不上任何用場，你不用太介意。連最重要的建立人脈也多得是手段可以取代。」

「這番話讓早應中輟生來講就是不一樣呢……」

紅朱企畫公司董事長……只是個徒具虛名的頭銜，其本質為超人氣漫畫家兼原作者，同時也兼任製作人、總監及所有職位的黑暗創作者——紅坂朱音。

「唉，算了，總之先恭喜你畢業。喝一杯吧。」

「請不要向未成年人勸酒，還有妳也不該喝酒。」

「嘖……」

……此外，由於先前因為腦梗塞發病，她最近在健康方面一再受到嚴正指導，但卻遲遲不肯聽勸，是個玩命的賴皮鬼。

「所以呢，請問要我簽名的文件在哪裡？」

「哎呀，對對對。等一下，我現在就找。」

被我一說，紅坂小姐似乎才想起今天的正題，把手裡的一公升酒瓶擺到地上，然後從自己坐著的成疊文件而非椅子上翻找。

沒錯，今天她找我來是為了簽訂我跟紅朱企畫之間的契約。

……話雖如此，契約上要做的工作已於去年內結束，這儀式純粹是為了結清，才在事後交換書面契約。

去年秋天，我有段時期曾為了協助病倒的她，而成為紅朱企畫的臨時員工……紅坂朱音的替身。

話雖這麼說，紅坂小姐並沒有看上我身為創作者的能力，她單純是要我的人脈──管理柏木英理與霞詩子的能力罷了。

紅坂小姐病倒，廠商那邊管不住原畫家與劇本寫手，馬爾茲的《寰域編年紀XⅢ》企畫差點分崩離析，而我設法整頓殘局，直到母片完成。

儘管如此，實際製作遊戲的是馬爾茲，我只有提供微薄之力，幫忙管理原畫與劇本的進度、協調交件期限而已。

「……噯，等一下。」

當我一邊回想起大約半年前，某種意義上可以說是風風光光，某種意義上也可以說嚐盡苦頭的記憶一邊動筆時，我的手在簽下姓名最後的「也」字前打住了。

「怎麼了嗎？難道你有什麼疑點……」

「這金額是怎樣！」

「太少嗎？抱歉。少年，那就照你想要的金額……」

「停停停！我不想聽妳耍寶～！」

位數，這個位數……

一、二、三、四、五、六、七，然後……

「因為我開的是版權約。目前《寰域編年紀XⅢ》的國內出貨量是●●萬套，軟體定價為●千●百日圓，我的版權費佔百分之●。然後，將其中的百分之●●算作你代勞的費用……」

「最後的比率有問題吧啊啊啊～！」

話說，對柏木英理和霞詩子也沒有付這麼大的金額吧……

不對，假如是這個人應該會吧？可是……

「我倒認為錢這種東西，多了也不會讓人發愁。」

「各方面都會啦！不要摧殘高中生純真的金錢觀念！」

「你已經不是高中生了吧。」

「別順便戳我的痛處！總之！我不能收這麼一大筆錢！假如妳真的不肯讓步，請讓我和父母先討論一下！」

話說這間公司有這種老闆，之前是怎麼存活下來的啊？

講正經的，不把町田小姐挖角過來會經營不了吧？

「我知道啦，真麻煩……那麼，半價就行了嗎？」

「起碼刪掉一位數——不，刪掉兩位數啦……說到底，之前我有講過酬勞只需要『不用報稅的金額』吧？」

「真是慾望淡泊的傢伙。那種人當創作者可不會受到信任喔。被業主賤價剝削，喪失自信，生活逐漸潦倒……對自身的成長也是百害而無一利。」

「就算那樣一旦抬高價碼，聽說也有創作者後來無法減價，到最後就接不到工作而自取滅亡耶。」

「那沒什麼，只要不斷求進步，持續趕上時代就行了。很簡單吧？」

「最好很簡單啦，妳這怪物……」

由一直實踐到現在的人說出這種發言確實有分量，可是為什麼完全打動不了我啊？應該說這道理是不講自明。

話說回來，這個人叫別人看重錢，但她自己不管怎麼想都對錢完全沒興趣吧。

「唉，沒辦法……好啦，這樣就少兩位數了。」

於是，紅坂小姐當場用原子筆劃掉兩個零，然後在修正的地方蓋上自己的章。

「嗯，總之，如果是這個金額就還好……」

雖然我不清楚這樣改契約是否管用，反正不行的話大概要重簽。如此心想的我再次拿起筆，但我記取剛才的教訓，不經意地又把契約書的各處細節都讀了一遍……

「……噯，等一下。」

我在簽姓名最後的「也」字時，驚險地停在最後那一筆。

「又怎麼了？金額隨你自己改就……」

「這一條項目……」

「……嘖。」

「妳咂舌了！妳剛才咂舌發出了『嘖』的聲音對不對！」

「居然把契約書從頭到尾看仔細，你這種創作者太不上道了。行事不拘小節才算真正的創作者吧？」

「妳講的話跟剛才完全相反啦！」

以一次性付款來說，顯得特別厚的這份契約書在第四頁以後……

不知道為什麼，上頭記載了工作地點、工作時間、休假、薪資、升遷、獎金等等，無論怎麼看都是依據正規雇用契約的格式……

「沒有啦，這次的事讓我有了深切的體會……」

「體會什麼！」

「我呢，需要阿苑或是你……尤其是往後還要續用柏木英理和霞詩子的話。」

於是，紅坂小姐被我發現契約有漏洞……不，有灌水後就打開天窗說亮話了。

「或許確實是那樣啦，那妳就雇用町田小姐啊！」

「不，少年，她現在還是公司員工吧？但你目前就處於無業狀態。」

「我姑且還是會沮喪，不要每次都重提那一點！」

「啊，還有，那個，我玩了你製作的遊戲。」

「感謝妳順便想起有那款遊戲！所以怎樣！」

「哎呀，圖與音樂皆屬頂級，但劇本就慘不忍睹了。情節都是作者說了算，又沒有多大的起伏，更重要的是主角窩囊。」

「對不起喔，內容慘不忍睹！我寫出了不符合期待的爛劇本，真是抱歉！」

「好啦，你把話聽完。即使如此，第一女主角的可愛度仍很出眾。」

「咦……」

「那毋庸置疑是你特有的強項……換成是我，實在丟臉得寫不出來。少年，那是你目前最強的武器。」

「啊、啊、啊……」

儘管她把話說得那麼難聽……

然而，這位當代第一的，超級創作者。

向作為區區同人作家的我，報出了天大的福音……

「因此，只要好好學過編劇的方式，你肯定會脫胎換骨。所以嘍，要不要來我的身邊修行一陣子？再不然，我也可以讓你做免錢的苦工喔。」

「不要從極端跑到另一個極端啦！」

……不，這個人果真除了創作以外就一無是處，她是當代第一的神○病。

※　※　※

「原來如此～有許多人像那樣，對你提出了許多邀約，所以坦白說，你目前正在猶豫～」

「嗯，大致上是如此。」

接著，又過了幾天。

我的高中生生活終於作結的三月三十一日。

「專科學生、樂團經紀人、編輯、小說家、公司員工……倫也，你的未來開了好多條吸引人的劇情線呢～」

「雖然每條都有利有弊就是了。」

在這兩年來，一直承蒙照顧的木屋風格咖啡廳。

「是喔，你真有人望呢。我都不知道你這麼受歡迎。哎呀～我也以你為傲喔～」

「…………」

而在窗邊老位子面對面的……是開始交往還不到幾個月的青澀情侶（自稱）。

就是我，安藝倫也和女友（第一女主角）——加藤惠。

……儘管如此。

「嗯～？怎麼了？感覺你心情不太好。」

「……唉，這個嘛……」

該怎麼說呢？理應青澀的兩人現在……

其中一方玩著智慧型手機，隨隨便便地捧殺男伴；另一方則擺出啞巴吃黃蓮般的臭臉，模樣和感情要好相差甚遠。

「咦～我不喜歡那樣耶。希望你有不滿就明確講出來～畢竟，我們在交往嘛～」

「那我就要講嘍，惠小姐……」

承受不住那種空虛氣氛的我帶著毅然的表情清了清嗓，深吸一口氣……

「妳為什麼在不知不覺中就拋下我，輕鬆地成為大學生啦啊啊啊～！」

然後，我發出了滿不講理的遠吠。

「惱羞成怒不好看喔，倫也。」

「…………是的，恭喜妳考上大學，惠小姐。」

「啊～嗯，謝謝你。」

豐之崎學園三年A班，加藤惠……是她到今天為止的姿態。

從明天起，這傢伙就是不死川大學文學部一年級的加藤惠。

「可是……可是我要在惱羞成怒之餘問一句……妳投入製作遊戲的程度也跟我差不多吧？為什麼妳那麼輕鬆就能升學？」

「這個嘛，那是因為不死川的推薦名額好像碰巧有剩，我不抱希望地試著申請後，一下子就上了。」

「明明妳在高中三年間都沒有什麼醒目的舉動……」

「多虧如此，我也沒有惹出醒目的問題啊～就像某人一樣。」

「就算、就算那樣好了……既然妳要申請，也可以跟我商量啊……妳在社團時也說過，報告、聯絡、商量比什麼都重要吧？」

「我申請是在九月底啊。那時候發生了什麼事，你還記得吧？」

「唔……」

是的（參照十二集），我記得。

我記得（順帶參照GS3）非常清楚……

「何況剛過完年，我就馬上確實地告訴你了。所以你也報考了不死川吧，倫也？」

「要有所謂的準備期間吧？妳是在寄報名表前一天告訴我的吧？」

……話說，這段對話的流程其實在這兩個月以來，已經重複了十次以上，令人不堪的套路。

「唉，你想嘛，那時候的我想了許多事。考慮到跟你吵架分手的狀況，我認為要確實定好自己的出路才行。」

「唔哇！唔哇！唔哇！烏鴉嘴～～～！」

……呃，剛才那是首次揭曉的資訊。

這傢伙到底還藏了多少招啊……

「唉，不過正因為像這樣沒考上大學，在你面前就多了好幾條美好的出路……」

「夠了，不用挖苦我了啦！」

說來是理所當然……

我原本也認為就這樣輕鬆考上大學，然後無憂無慮地繼續社團活動是最理想的出路。

到頭來，周圍的人會向我提出各種不同的路，就是因為「最該走的路」被堵住所致。

「倫也，但是你差不多該決定往後要怎麼辦嘍。從四月起的社團活動也會受影響耶。」

「就是啊！問題就在那裡！」

在我面前出現了好幾條「次善之策」的嶄新道路。

然而在那之中，有的路一旦選下去，就會攸關到我至今培育的「blessing software」之存亡。

「……『你』培育的？」

「啊，不對，我跟妳培育的。」

話說回來，我希望惠別窺探目前鬱鬱寡歡的我的內心（旁白）。

「唉～話說回來，你在高中最後一天淪為非常窩囊的主角了耶。換成在遊戲裡，明明會是幸福滿滿的尾聲階段。」

「真的……真的，為什麼會變成這樣……」

明明剩下的頁數也不多了，我卻受到前所未有的嫉妒心與自卑感折磨，一邊握著桌上的拳頭發抖一邊低著頭。

而惠總算放開把玩著的手機，朝我這個無視美少女遊戲理念，交到了女朋友卻一路直通壞結局的主角，投以分不出是同情、傻眼還是死心的目光一會兒……

「……你是故意裝窩囊的對不對？」

「…………妳是指什麼？」

惠沒有對我好聲好氣，而是拋來淡定程度超乎以往的問句。

「其實，你根本就決定好出路了吧？」

「妳有什麼根據？」

「因為呢，像這種重要的事情，換成平時的你都會不找我商量，就擅自做主嘛。好比說，像去年《寰域編年紀XIII》那次也是。」

「不要翻那麼久以前的舊帳啦！我現在是重生後的安藝倫也喔。只有對妳，我一定會做個勤於報告、聯絡、商量的忠實男友！」

再說辜負她的後果太恐怖了，我根本不敢。

「即使……即使你那麼說……」

可是，惠無法百分之百信任那樣的我，把自己的手覆在我擺在桌面的手上……

「……好痛。」

然後擰了我一把。

「當了你的女朋友……就是會曉得啊。」

「曉得什麼？」

「你現在單純只是想要我安慰……應該說，你只是想讓我演第一女主角而已，對不對？」

惠擰了我以後，輕撫似的用雙手裹住我的手。

「既然妳那麼認為……請給我救贖吧，第一女主角大人。」

她接納了我的手指，並且在桌面上牢牢地相纏。

「唉～真是的。」

然後，惠擺出在淡定之中，適度顯現出害羞的表情……

「那麼，我要演第一女主角了喔……」

她一度閉上眼睛，然後睜開……

「我跟你說，倫也……」

一瞬間，成了第一女主角。

「我啊，會自己選擇自己的出路……

是因為我覺得自己實在無法跟上你。」

開頭先奚落，這是第一女主角的常套手段。

如此一來，之後的轉變就會效果奇佳。

「倫也，即使是現在，我也實在無法跟上你。

因為你不管走到任何地方……

無論是斜著走還是向後走，你都會相信自己正在往前進。」

接著再奚落，也是出於第一女主角的自信。

準備由傲轉嬌，由冰山變為嬌羞。

因為我相信她會展現出非常吸引人的轉變。

「所以，我決定不跟著你了……」

……會有轉變的吧？

妳會記得對我嬌羞吧？

「畢竟，我一點也不曉得你要往哪裡去。」

呃，等一下……

「……所以，無論你去了哪裡，無論我人在哪裡，沒有任何事物變質就行了——我只是，下了這樣的決心而已。」

……唔。

「無論你的目標在哪裡，到最後，無論你往哪裡去，或許……從物理上來說，我會不在你身邊。但我會和你在一起。我會接納你所走的路。」

來了，要來了……！

「為此，我決定還是要讓自己保持淡定。我決定無論發生什麼事都要淡定，都要保持不變。我決定無論你飛到什麼地方，都要保持現在的心境。」

「……我決定，要繼續喜歡你。」

「怎麼樣？我有沒有成為……你所期望的第一女主角了呢？」

「不是為了眾多玩家，而是只為一個人……

我有沒有成為——只為安藝倫也存在的第一女主角了呢……？」

「……………………」

「……倫也？」

「啊……」

我的意識從中途就斷線了。

因為實在太萌，太令人心動，太令人小鹿亂撞，已經讓我不知道該如何是好了。

我對加藤惠。

對我，那個……最喜歡的人。

再次，強烈地，萌得無以復加。

「我決定了……我要趕上去。」

「趕上什麼？」

「趕上一切。」

正如惠剛才所說，那明明只是我的任性。

其實，我早就選好了自己要走的路，我只是希望惠能從後面稍微推我一把，僅此而已。

「趕上妳，趕上英梨梨和詩羽學姊，趕上通往創作者的路。」

可是，現在的我簡直像在剛才由她的話得到了天啟一樣，激昂地說著。

「我會賭上身為男友的驕傲，挑戰不死川大學。

我會賭上創作者的自尊，繼續社團活動。」

「換句話說，你兩邊都要……是這個意思嗎？」

「我會在今年冬天，用下一部作品創造新的傳說。

過完年之後，我會再跟妳走在同一條路。

然後，我遲早會取回真正的『blessing software』……」

「真正的『blessing software』是指……」

「有我，有妳，有英梨梨，有詩羽學姊，有美智留，有出海，也有伊織……

新舊成員全部到齊，最真的，來真的，完美無缺的團隊。」

「…………」

「…………」

惠的視線，仍舊淡定。

儘管我還難以得知，她對我那好似唐吉訶德的宣言有何感受。

然而，她的手指沒有放開我的手，莫名地感覺像肯定了大吹牛皮的我。

「……他是這麼說的喔，波島同學、出海。」

「……啥？」

惠朝著如此慷慨激昂的我……不，她是朝我的背後開口。

「那麼，來舉行『blessing software』在今年度的第一場例行會議吧。」

「議題應該就是『關於從四月起的活動方針』嘍～」

「……啥？」

我急忙地轉頭看向背後，發現惠剛才叫的兩個人都在，還拿著飲料與濕紙巾到我們這一桌會合。

「為、為什麼……？」

「沒有啦，今天要開會是之前就決定好的喔。」

「blessing software」的製作人兼總監——波島伊織。

雖然我不曉得伊織動用了什麼政治力量，但他從四月起將是都內某國立大學的一年級學生。

「但在那之前，惠學姊說要『問出倫也對社團有什麼打算，所以先讓我們單獨談談』……」

「blessing software」的角色設計&原畫——波島出海。

一帆風順而無多大變化，從四月起會升上豐之崎學園二年級。

「你、你們是從什麼時候……？」

「哎呀，從你們來以前，我和出海就待在這邊的座位了……」

「惠學姊說在她說好以前不可以出來，我們就落得一直在這邊聽你們秀恩愛的下場……」

「…………惠？」

「啊～倫也，你想嘛，社團處於你或許會停止活動的危機，我是覺得若有萬一，可以請大家幫忙挽留你～」

「……唉，這也是為了社團好，算不得已的吧。」

「不得已個頭啦！是想要讓我多丟臉啊！」

我倒想請教，各位認為知情的一方與不知情的那一方，哪邊會比較難為情……？

「哎呀，我覺得最難為情的應該是連吐槽都沒辦法，還被迫一直聽情話的我們耶。」

「話說，惠學姊最近有點貪心過頭，還是該說是獨佔欲強得讓人看不過去……」

「來，開會吧開會吧。所以說，從四月起的社團雜務就交給波島同學嘍。我會負責幫倫也準備考大學。」

「喂，等一下！這是怎樣！到底怎樣啦！」

惠和伊織在不知不覺中已經和解了。

出海在不知不覺中，對惠也變得嚴厲不少。

雖然好像有許多值得吐槽的點……

不過，今天最令人無語的還是惠這種完全把我掌握在手掌心，成長得越來越厚黑……不，越來越像幕後黑手的感覺吧。

※　※　※

「…………」

「……噯，倫也。」

「……幹嘛？」

「你還在生氣嗎？」

「沒有啊……」

「你果然還在生氣。」

「…………」

在車站前，和伊織及出海告別後，在傍晚的回家路上。

惠一面從斜後方持續窺伺著從剛才就幾乎不講話的我，一面跟在大約慢了兩步半的後頭。

「設那樣的局，我想沒有什麼大不了的吧？你想嘛，和你以往對我做過的事相比的話。」

「……是啊。」

「所以說，你的心情差不多可以好轉了……」

「我說過，我沒有在生氣。」

目前，我們正一起爬上坡道。

一邊瞪著地面一邊低頭走路的我，聽見了惠稍微軟化的嗓音。

可是，對於她的詢問，我從剛才就只會愛理不理地應聲。

「既然、既然如此……不要用那種嘔氣的方式報復我嘛。」

「嗯～？」

「那樣對我滿有感的耶。」

「…………」

惠的聲音慢慢變弱，距離也逐漸變遠。

或許，她開始放棄和我講話，放棄追上我了。

或許，惠那顆理應堅強的心，快要受挫了。

即使……即使如此，唯有現在，我就是不能停止專注於自己的意識。

這是因為……

「倫也……你聽我說嘛。」

「……噯，惠。」

「什、什麼事？」

「取名叫《坡道三部曲》，妳覺得怎麼樣？」

「……咦？」

「我是在說！我們要製作的最強美少女遊戲系列名稱啊！」

「……啥？」

這是因為，因為……

目前有非常棒的點子，從我的腦海裡浮現了！

「妳聽不懂？聽不懂嗎！妳想，第一部作品《cherry blessing》，男女主角邂逅的場景和最後一幕，不是都用這座坡道當範本嗎！」

「唔、唔嗯？」

「然後，然後呢，第二部作品《不起眼女主角培育法》，在主角和第一女主角巡璃的重要劇情中，還是將這座坡道的背景回收再利……致敬過不是嗎？」

「所、所以？」

「這表示……這就表示，這座坡道是象徵我們『blessing software』，或是第一女主角叶巡璃的場所……也就是所謂的『聖地』吧！」

「你說……聖地嗎～？」

對於我那一生中，難得有一次的靈感……

惠一如往常地，給了我失禮至極的茫然反應。

說真的，無論經過多久，她就是改不掉這種在關鍵時刻還這麼淡定的毛病。

「我說妳啊，真的……真的就不能多給我一點一拍即響的反應嗎？妳可是副總監耶！」

「呃，之前對我那些疑問完全沒反應的你要說這種話嗎？」

「是下一部作品喔！是『blessing software』3rd Project喔！這一次在劇情中，我還是要讓巡璃從這座坡道亮相！」

「……我順便問一句，你從剛才就一直心不在焉，該不會都是在思考那種事吧？」

「什麼叫作『那種事』！這可是應該會為我們的傳奇劃上句點的《坡道trilogy三部曲》完結編耶！再怎麼認真思考也不可能會有過當之虞！」

「嗯，你要深入考察是無妨，不過trilogy和三部曲不是同樣的意思嗎？」

「所以嘍，從現在開始辦集宿！來開會吧，惠！在今天之內就要完成構想，讓我們這款最強的完結篇起步製作！」

「咦、咦～現在？」

「那當然！點子不斷從腦袋裡滿出來的現在就是關鍵！連一秒鐘的時間都不能浪費！」

已經連說明都嫌麻煩的我一把抓著惠的手，沿這座通往我們家的聖地……不，坡道逐漸往上爬。

我一步一步地，牽著她的手只顧往前進。

為了一步一步地，抵達讓所有人都能歡笑的地方。

為了一步一步地，讓所有人在我追求的巔峰再次相會。

「可、可是……我明天要去大學的開學典禮耶。」

「那從我家出發就行了吧。」

「可是，起碼開學典禮要穿正裝到場……」

「要不然，妳那個大包包是怎樣？裡面顯然裝著明天要換的全套衣服吧？妳從一開始就滿心打算來過夜吧？」

「……即使你有察覺到那些，不說出來才合乎禮節喔，倫也。」

「嗳，惠，完結篇要做哪種類型的遊戲呢？要以萌系類型再次進攻嗎？還是回歸原點，走傳奇故事的路線？或者做完全不一樣的類型……」

「討論是沒關係，不過難得參加開學典禮，能不能讓我睡一下……」

「怎麼可能讓妳睡！再說，我們從明天起就風光脫離高中生的身分了，無論要熬夜或做任何事情都……咦？」

「我、我問妳喔，惠……難不成，再過幾個小時，限制我們的分級尺度就……」

「…………我知道。沒關係，你不用特地和我確認。」

「妳、妳說的……沒、沒關係是指……」

「啊～夠了，你好麻煩喔。來，包包拿著。我們趕快走吧，倫也。」

おしまい ※完結。

後記

輕小說《不起眼女主角培育法》的各位讀者。

感謝大家陪伴至今。我是作者丸戶史明。

請容我在此奉上《不起眼女主角培育法》第十三集……正篇的最後一集。

回想起五年半以前，在秋葉原的某間咖啡廳，有六篇大綱全被第一任編輯萩原先生退稿後，這項企畫才開始起步，但我後來換了手法、換了花樣、換了形式，設法讓作品付梓出版，一回神不只持續至今，居然還二度改編成動畫，這對當時的我來說是想也想不到的事（先這樣聲明就能表露出謙虛並博得好感）。

由於當初是這樣起步，構想的著眼處全在於「要先讓企畫過關」，而當時定案的只有登場人物（主角&「四名」女主角）的設定、一定程度的相關性（製作人、原畫、劇本、音樂、「宣傳」）及當前目標（製作遊戲）。

如同前述，這部作品未定結局就開始寫了，即使如此，如我當初所追求的，要顛覆丸戶「無

法讓第一女主角最有人氣的作家特質」，我似乎達成了讓不起眼、沒特色的第一女主角——加藤惠人氣居冠，並成為正牌第一女主角的目標。大概。

雖然，結果「不起眼、沒特色」的無屬性不知不覺中就消失了，還不慎讓她成長為麻煩、厚黑又貪心的女主角，這或許偏離了當初「保持沒特色當上人氣第一」的目標。

不過，或許可以說，加藤惠這個角色本來就不會顧及作者的意圖，活得既淡定又隨性。雖然我寫故事都不曾想得那麼深就是了。

還有，受到如此逐漸改變的第一女主角加藤惠牽引（嗯，或許是其他角色在牽引她），以英梨梨及詩羽為首的其他女主角也越來越背離一開始「強調樣板性格且容易理解」的設定，變成在各方面都情念深厚的複雜性格……這樣簡直像只有偏門受眾，而且搭不上主流又賣不掉的成人遊戲啊（禁句）。

那麼，關於第十三集的內容……呃，我全部寫進正篇（還有章節標題）了，因此請自行閱讀，這裡要來談談以後的事情。

雖然正篇到此就結束了，但有沒有後續或其他情節……比方說大學時期的倫也（不確定是否會升學）、社會人士時期的倫也（不確定是否會工作）或者其他角色的外傳等等，（雖然還有作者及插畫家在體力方面的問題），基本上都要靠這部作品的實力（讀者支持度），因此各位若有想繼續接觸本作的寶貴想法，故事雖已完結，煩請繼續給予聲援支持。

看嘛，畢竟商品根本都沒有發展開來啊。動畫ＢＤ、模型、精品等等，再說富士見還預定要出一本Memorial，想將可能性維繫下去的方法還多得是。先不管作者和插畫家的體力。

所以，這是最後向大家做問候了。

深崎暮人先生……能將這部容易流於小眾的作品拉抬得如此熱門，肯定就是靠你氣勢過人的插圖之力。雖然你在此刻也忙得要命，偶爾去喝酒還會分享一些十分黑暗的祕辛，但我仍有還不了的恩情，希望你往後也毫不客氣地找我大吐苦水。啊，不過憑我的裁量權是無法延後你截稿日的喔。

Fantasia文庫的相關人士……由於作品長久延續，讓我得以和許多人建立關係，真的受各位照顧了。然後，由於Fantasia文庫努力往各媒體延伸觸角，改編漫畫、動畫並推出精品等等，因而建立起新關係的相關人士……同樣受各位照顧了。希望大家往後繼續惠賜指教及鞭策（要點：工作）。

此外，這部作品問世時，光得知「有丸戶與深崎」這項資訊就肯鼎力支持，讓作品在面貌未明的狀態下就飛速熱銷的老讀者們……感謝各位陪伴至今。如果沒有你們，我想故事肯定會在第

三集就結束，出海、伊織和美美也都不會存在於世上了。

還有，對中途聽聞評價或從動畫入門的讀者們……同樣感謝各位。有滿多粉絲來信表示「看完動畫後買了原作」。所有來信我都讀過了。多虧有大家打的強心針，讓這部作品茁壯至此。

將來若是在其他地方又見到「丸戶史明」的名字時，能讓各位提起一點興趣就是我的榮幸。

那麼，暫且先說聲再見了。

丸戶史明

二〇一七年　秋

線上遊戲的老婆不可能是女生？ 1~12 待續

Kadokawa Fantastic Novels

作者：聴猫芝居　插畫：Hisasi

既遺憾又快樂的日常≒線上遊戲生活，
固若金湯的第十二集！

黃金週限定的怪物來襲活動開跑了！而且同一時間，玉置家夫妻（※父母）恩愛地出門旅行。英騎和亞子受託打理此後的家務，也過起了限期的同居生活！不妙，要同時顧好遊戲和現實中的家才行……他們究竟能不能保護好寶貴的家園呢？英騎的貞操安全嗎？

各 NT$190~250/HK$58~75

Kadokawa Light Novels

反戀主義同盟！ 1~6 待續

Kadokawa Fantastic Novels

作者：椎田十三　插畫：憂姫はぐれ

反戀主義同盟短篇集登場！
完整收錄反戀愛主義青年同盟社的活動紀錄！

「遊樂園是堪稱戀愛至上主義結晶的最惡劣設施！」反戀愛主義青年同盟社在四面八方全是敵人的遊樂園展開行動，不過……？此外，在女童的策略下，高砂來到了十年後的未來，還莫名其妙地轉生到異世界？反戀愛活動紀錄第六彈登場！

台灣角川

各 **NT$190~230/HK$58~70**

©RAKUDA 2017

Kadokawa Light Novels

喜歡本大爺的竟然就妳一個？ 1~4 待續

Kadokawa Fantastic Novels

作者：駱駝　插畫：ブリキ

那個最強無敵Pansy的天敵出現了。
正因如此，我要對Pansy表白愛意！

我在Pansy也就是三色院董子「爭奪戰」中輸了。有個厲害的傢伙擋在前面。即使我已經有所成長，但坦白說根本沒勝算吧。可是，我非做不可，為了搶回Pansy，為了解開Pansy的「詛咒」。這是高中生活最大的挑戰。好了，強敵，給我等著吧！

各 **NT$200~230/HK$60~70**

台灣角川

Kadokawa Light Novels

異世界和我，你喜歡哪個？ 1~2

Kadokawa Fantastic Novels

作者：暁雪　插畫：へるるん

夢寐以求的精靈美少女襲來——
追求異世界生活的戀愛喜劇，再次上演！

放棄轉移機會的我，市宮翼，和鮎森結月成了男女朋友！然而沒過多久，我又受到女神召喚（差點被山豬撞死），希望我們參加「白痴情侶大賽」，在這場莫名其妙的競賽中爭奪冠軍寶座。結果萬萬沒想到，從前朝思暮想的精靈美少女竟出現在我們眼前……!?

各 NT$190/HK$58

台灣角川

Kadokawa Light Novels

我的妹妹哪有這麼可愛！ 1~12（完）

Kadokawa Fantastic Novels

作者：伏見つかさ　插畫：かんざきひろ

「——我想做人生諮詢。」
京介與桐乃的結局會是——？

想起老哥以前的模樣後，忍不住就提出了人生諮詢的要求。而那傢伙也真的為了讓超討厭的我交到御宅族朋友而盡心盡力。這個由人生諮詢開始，在相當普通的兄妹之間所發生的，有些特殊的故事。現在，我就要揭開自己一直隱藏的祕密了。

各 **NT$180~250/HK$50~70**

台灣角川

國家圖書館出版品預行編目資料

不起眼女主角培育法 / 丸戸史明作 ; 鄭人彥譯. -- 初版. -- 臺北市 : 臺灣角川, 2018.05-
冊 ; 公分

譯自 : 冴えない彼女の育てかた
ISBN 978-957-564-186-3(第12冊 : 平裝). --
ISBN 978-957-564-591-5(第13冊 : 平裝)

861.57 107003776

Kadokawa
Fantastic
Novels

不起眼女主角培育法 13

（原著名：冴えない彼女の育てかた 13）

2018年11月12日 初版第1刷發行
2024年4月2日 初版第10刷發行

作　者：丸戸史明
插　畫：深崎暮人
譯　者：鄭人彥

發行人：台灣角川股份有限公司
總　監：呂慧君
總編輯：朱哲成
設計指導：陳晞叡
美術設計：吳佳昫
印　務：李明修（主任）、張加恩（主任）、張凱棋

發行所：台灣角川股份有限公司
地　址：104台北市中山區松江路223號3樓
電　話：（02）2515-3000
傳　真：（02）2515-0033
網　址：www.kadokawa.com.tw
劃撥帳戶：台灣角川股份有限公司
劃撥帳號：19487412
法律顧問：有澤法律事務所
製　版：巨茂科技印刷有限公司
ISBN：978-957-564-591-5

SAENAI HEROIN NO SODATEKATA Vol.13

First published in Japan in 2017 by KADOKAWA CORPORATION, Tokyo.
Complex Chinese translation rights arranged with KADOKAWA CORPORATION, Tokyo.